Ques
appar

Roberta
Brandoni

Benvenuti nel mondo di Valentina!

Ciao, io sono Valentina! Ho dieci anni e frequento la quinta elementare. Molti di voi mi conoscono già... ma quello che ancora non sapete, lo scoprirete in questi libri che narrano le mie avventure. Vi racconterò la mia vita di tutti i giorni e vi farò conoscere la mia famiglia, la mia classe, i miei amici e

Valentina

Mamma

Papà

il mio maestro. Le mie avventure spesso sono curiose e sorprendenti. Ma a me una vita monotona e sempre uguale non è mai piaciuta. E credo che non piaccia neanche a voi, no? Se è così, siamo in buona compagnia. Buona lettura, amici e amiche!

Angelo Petrosino

In viaggio con Valentina

Illustrazioni di Sara Not

PIEMME
Junior

I Edizione 2001

© 2001 - EDIZIONI PIEMME Spa
15033 Casale Monferrato (AL) - Via del Carmine, 5
Tel. 0142/3361 - Telefax 0142/74223
www.edizpiemme.it

> È assolutamente vietata la riproduzione totale o parziale di questo libro, così come l'inserimento in circuiti informatici, la trasmissione sotto qualsiasi forma e con qualunque mezzo elettronico, meccanico, attraverso fotocopie, registrazione o altri metodi, senza il permesso scritto dei titolari del copyright.

Stampa: G. Canale & C. S.p.A. - Borgaro Torinese (TO)

*Ai miei alunni di ieri e di oggi,
dal "maestro che racconta storie"*

I FIGLI SONO CAMBIATI

Dunque non è un sogno. Parto con Stefi, l'amica di mia mamma, per la Cornovaglia.

Alle cinque e mezzo mia madre mi ha scossa per un braccio e mi ha detto: – È ora di alzarsi, Valentina.

Mi ero addormentata verso mezzanotte, ma sono saltata subito dal letto e sono andata in bagno.

Mi sono stropicciata a lungo gli occhi, mi sono guardata nello specchio e mi sono detta: – Per sette giorni ti vedrò in un altro specchio, Valentina.

In cucina mio padre stava già facendo colazione.

– Ciao, papà.

– Ciao, Valentina. È dura alzarsi presto la mattina, vero?

– Sì, ma in questo caso ne vale la pena.

– Siediti e mangia.

– Veramente non ho molta fame.

– Calma l'eccitazione. Il viaggio è lungo e ti stancherai.

– Forse sarebbe stato meglio se avessero preso l'aereo – ha detto mia madre.

– Stefi dice che non avremmo visto niente.

– Ma sareste arrivate prima.

– Lo prenderemo al ritorno.

– Mi fido più dei treni – ha detto mio padre. – Metti qualche biscotto nel latte, Valentina.

– Se ti dico che ho lo stomaco chiuso, papà! Mangerò sul treno.

– Fa' come ti pare.

Per accontentarlo, ho intinto un paio di biscotti nel latte, poi sono corsa a lavarmi i denti.

Prima di uscire di casa sono andata da Luca. Dormiva come un angioletto, ma quando gli ho sfiorato una guancia con un bacio ha aperto gli occhi e ha mormorato: – Torna presto, Valentina.

– Ciao, fratellino. Non annoiarti troppo senza di me.

– Mi prendi in giro?

– Sto solo scherzando.

Luca ha chiuso gli occhi e si è riaddormentato.

Mia madre mi ha tenuta abbracciata a lungo.

– Posso fidarmi? – mi ha chiesto.

– E di cosa, mamma?

– Della tua responsabilità.

– Se dite tutti che ho la testa sulle spalle!

– Sì, ma a dieci anni... Sai com'è. Non allontanarti mai da Stefi.

– Mi farò mettere un guinzaglio come un cagnolino.

– Basta che non la perdi mai di vista. Soprattutto quando sarete a Parigi e a Londra. Devono essere delle città sterminate.

– Vedrò due nazioni nuove, mamma.

– Io alla tua età conoscevo soltanto il paese dove ero nata.

– I tempi sono cambiati, mamma. E anche i figli.
– Ma le madri no, forse.

Io invece credo che anche le madri siano cambiate. A parte le raccomandazioni che ha continuato a farmi negli ultimi giorni, ho capito che mia madre è contenta che io faccia questo viaggio. L'altra sera, quando è andata a dormire, l'ho sentita dire a papà:
– Sarà una bella esperienza per la nostra Valentina. Ma è la prima volta che va via così lontano senza di me. E mi sento strana.

– Perché? – le ha chiesto mio padre.

– Perché penso a quando se ne andrà via per sempre. Da sola con un uomo.

– Stai anticipando troppo i tempi. Valentina ha solo dieci anni e ce la terremo ancora a lungo in casa, vedrai.

– Non lo so. Valentina è una bambina curiosa. Ha voglia di conoscere, di capire, di fare. Una come lei non invecchierà di sicuro a casa nostra.

– Buona notte, Maria.

– Buona notte, Stefano.

Tra i due, è proprio mio padre quello che ha più paura di perdermi.

BUON VIAGGIO

Mentre mi accompagnava in auto alla stazione, infatti, ha continuato a chiedermi: – Valentina, sei sicura di aver preso tutto?

– Sì, certo.

– Cerca di non perderti.

– Farò del mio meglio, papà.

– Comunque hai il numero anche del mio cellulare. Per tutta la settimana lo terrò acceso e, in caso di necessità, chiamami. Hai abbastanza soldi con te?

– Sono andata in banca con la mamma e

abbiamo cambiato duecentomila lire in sterline. Basteranno.

– Questa Stefi mi sembra un tipo a posto.
– È una donna eccezionale, papà.
– L'ammiri molto, eh?
– Sì, perché è una donna libera.
– Non ha una famiglia...
– Dimmi la verità, papà. Stefi non ti piace?
– Non ho detto questo. Mi sembra molto intelligente.
– Sono certa che da lei imparerò molte cose.

Stefi ci aspettava alla stazione ed era già con un piede sul treno.

– Ciao, Stefi!
– Ciao, Valentina. Non avrai mica sonno!?
– Un po'.
– Devi sforzarti di tenere gli occhi aperti. Sennò è inutile che facciamo questo viaggio a tappe.
– Ci proverò.
– Buon giorno. Levataccia anche per lei – ha detto Stefi a mio padre.

– Io ci sono abituato. Quanto manca alla partenza del treno?

– Quindici minuti.

– Avete bisogno d'acqua, di qualcos'altro, non so...

– Abbiamo tutto, non si preoccupi. Bene, credo che ci convenga salire e prendere posto.

Mio padre ha annuito, le ha stretto una mano e ha detto: – Buon viaggio.

Poi ha guardato me, stava per aggiungere qualcosa, ma Stefi ha sorriso e ha detto: – È in buone mani, stia tranquillo. Me ne prenderò cura come se fosse una figlia o una sorella più piccola.

Mio padre mi ha abbracciata, mi ha baciata sui capelli e, con mia sorpresa, ho visto che gli occhi gli si sono inumiditi. Poi, sottovoce, mi ha detto: – Buon viaggio, Valentina. E ricorda che il mio cellulare sarà sempre acceso.

– Me ne ricorderò, papà.

IN TRENO

Stefi e io ci siamo sedute una di fronte all'altra accanto al finestrino. Poi Stefi ha allungato le gambe e mi ha chiesto:
– Emozionata?
– Abbastanza.
– Non dire bugie. Sei emozionatissima.
– Si vede?
– Eccome! Hai gli occhi che brillano e le guance infuocate. Ti senti esattamente come mi sentivo io quando ho fatto il mio primo viaggio da sola.

Poco dopo il capostazione ha fischiato, le porte si sono chiuse e il treno è partito.

– Ho visto che tuo padre era molto emozionato – mi ha detto Stefi. – Hai due genitori che ti vogliono bene.
– Non posso lamentarmi. E tu?
– Oh, i miei li vedo così di rado. Ma quand'ero piccola mi lasciavano abbastanza libera. Però ogni tanto avrei voluto che

mi dicessero come dovevo comportarmi. Invece davano per scontato che io sapessi già tutto. Per fortuna ho quasi sempre avuto le idee chiare e sono riuscita a fare quello che volevo. Guarda, sta sorgendo il sole.

Era vero e, di colpo, mi sono sentita assolutamente tranquilla. Il cielo prometteva una bella giornata, ero impaziente di vedere facce e posti nuovi e perlustravo il paesaggio con avidità.

– Stiamo per entrare in Val di Susa – mi ha detto Stefi. – E mentre tu guardi fuori, io posso illustrarti il nostro itinerario.

– Allora bisogna che ti ascolti. Non riesco a fare le due cose insieme.

– Nel pomeriggio arriveremo a Parigi – ha cominciato Stefi. – Depositeremo i nostri bagagli in albergo e andremo a cenare in un ristorante. Se c'è tempo, ti porterò a vedere la Torre Eiffel. Se è tardi, ci faremo una tranquilla passeggiata sulle rive della Senna. Credo che te la godrai. Poi a letto. Domani mattina prenderemo il treno e viaggeremo fino a Boulogne-sur-Mer, sulla costa francese. Di lì prenderemo la nave.

– Una vera nave?

– Sì, e dal ventre capace, visto che ospiterà un bel po' di auto. In un'ora e mezza circa attraverseremo il canale della Manica e spero che il mare non faccia le bizze. Non mi piace che la nave balli sulle onde.

– Scenderemo a Dover?

– No, approderemo a Folkstone. Di lì prenderemo un treno che ci porterà a Londra. Arriveremo dopo le due e credo che ci converrà mangiare qualcosa in fretta a Victoria Station. Il treno che ci porterà da Elisabeth parte dalla stazione di Paddington, e per raggiungerla prenderemo un taxi. Non ho voglia di infilarmi nella metropolitana con le valigie.

– Quanto tempo impiegheremo per arrivare da Elisabeth?

– Ci vorranno tre ore buone prima di entrare nella stazione di Plymouth. Di lì un taxi ci porterà al fiume Tamar. Torpoint è sulla riva opposta. Ma per arrivarci dovremo salire sul *ferry* insieme alle automobili. Saremo a casa di Elisabeth per l'ora di cena.

– Avremo una lunga giornata davanti!

– Sì, ma vedrai tante cose e non credo che le dimenticherai facilmente.

BARDONECCHIA, STAZIONE DI CONFINE

– Bardonecchia! – ha esclamato Stefi quando il treno si è fermato in stazione. – Siamo quasi al confine, Valentina. Dopo la galleria c'è Modane e siamo in Francia.

Prima che il treno ripartisse, sono entrate nel nostro scompartimento una donna anziana e una ragazza.

– Sono liberi questi posti? – ha chiesto la donna.

– Sì – le ha risposto Stefi.

– Siedi, Ornella – ha detto la donna alla ragazza.

Ornella si è seduta e ha alzato gli occhi al cielo. Poi mi ha guardata e mi ha chiesto:
– Mi fai sedere vicino al finestrino?

– Ti cedo io il mio posto – ha detto Stefi.

Ornella si è seduta di fronte a me e si è messa a guardare fuori con aria annoiata.

Dopo qualche minuto mi ha chiesto:
– Dove vai?

– A Parigi.

– Anch'io. E dove cambiate per prendere il TGV?

– A Aix-les-Bains – le ha risposto Stefi.

– Anche noi.

– Bene, allora vuol dire che viaggeremo insieme.

– Noi abbiamo i posti prenotati – ha detto la donna che accompagnava Ornella.

– Anche noi – ha detto Stefi.

– Che numeri abbiamo? – ha chiesto Ornella alla donna.

Lei le ha mostrato i biglietti, Stefi ha tirato fuori i nostri e, incredibilmente, i quattro posti erano vicini.

– Allora siamo proprio destinate a fare amicizia – ha detto Stefi. – Io mi chiamo Stefi e lei è Valentina.

– Io sono Ornella – ha detto Ornella.

La donna ha abbozzato un sorriso, ma non ha detto come si chiamava.

Allora ho pensato: «O si vergogna o è una maleducata».

A quel punto Ornella ha cominciato ad agitarsi e mi ha chiesto: – Ti va di uscire nel corridoio?

Io ho guardato Stefi, ho annuito e ho seguito Ornella.

– Aaah, un po' più libera! – ha sospirato Ornella quando ci siamo allontanate. – Vicino a quella donna, mi sento una prigioniera.

– Chi è? – le ho chiesto.

– Un'amica dei miei. Mi sta accompagnando dai nonni. Ma più che un'accompagnatrice, è una secondina. Vedrai che tra poco esce per controllare dove sono e mi dice di tornare a sedermi accanto a lei. Dai, vieni. Passiamo in un'altra vettura.

– Perché?

– Perché così le faccio uno scherzetto e magari riesco a spaventarla un po'. A dodici anni sono in grado di viaggiare da sola e potevo andare da mia nonna anche senza di lei.

Ornella mi ha presa per mano, abbiamo attraversato due vetture e siamo andate a sederci in uno scompartimento vuoto, a ridosso della locomotiva.

– Che bello non avere i suoi occhi addosso! – ha esclamato Ornella, sdraiandosi sul sedile. Poi mi ha chiesto: – Tu che tipo sei?

– In che senso?

– Sei ancora legata alle sottane di tua madre?

– Io non sono legata alle sottane di nessuno.

– Chi è la donna con la quale viaggi?

– Un'amica di mia madre. Fa la giornalista e si guadagna da vivere scrivendo.

– E cosa andate a fare a Parigi?

– A Parigi ci fermeremo solo una notte. Domani proseguiremo per l'Inghilterra. Per la precisione, stiamo andando in Cornovaglia.

– Allora sei più intraprendente di quello che credevo. Io finora in Inghilterra non sono mai andata. Vado spesso a Parigi, perché ci vivono i miei nonni. E i giorni che passo con loro sono davvero i più belli dell'anno. I miei nonni sono ancora giovani, mi portano dappertutto, ma mi lasciano anche andare da sola. Ormai conosco la metropolitana di Parigi come le mie tasche.

– Spero di conoscerla anch'io, un giorno.

– Perché non subito? Come andrete in albergo?

– In taxi.

– Convinci la tua amica a prendere la metropolitana e io ti faccio da guida.

– Non abbiamo molto tempo.

– Dove si trova il vostro albergo?
– Vicino a Place Saint-Michel.
– Che coincidenze incredibili! Anch'io devo passare da quelle parti e poi proseguire fino a Saint-Germain-des-Prés. Perciò possiamo viaggiare insieme anche nel *métro*. Hai qualcosa da mangiare?
– Ho due barrette di cioccolato nel marsupio. Il resto è nello scompartimento con Stefi.
– Dai, dammene una. Ho voglia di mettere qualcosa sotto i denti.

Ho aperto il marsupio, ho passato una barretta a Ornella, e prima che riuscissi a scartare la mia, il treno si è infilato sotto la galleria.

– Ti spaventano i tunnel? – mi ha chiesto Ornella.
– No.
– Una volta ho viaggiato di notte. E proprio mentre eravamo sotto una galleria, si sono spente le luci e tutto il vagone è piombato nel buio. A un certo punto abbiamo

sentito un urlo, e qualcuno ha acceso un fiammifero.

– Cos'era successo?

– Quando si sono riaccese le luci, ci siamo informati. Una donna diceva che nel suo scompartimento era entrato un uomo che aveva cercato di metterle sulla bocca un tampone imbevuto di cloroformio. Ma lei aveva lottato e lo aveva costretto a fuggire. Secondo me doveva essere un po' isterica e si era inventata tutto. Se ti mettono un tampone imbevuto di cloroformio sul naso, ti addormenti subito. Lo so, perché è capitato a me e a mia madre una volta.

– Davvero?

– Sì. Ci eravamo appisolate, quando la porta dello scompartimento si è aperta. E prima che ci rendessimo conto di quello che stava succedendo, due uomini ci hanno addormentate e ci hanno derubato di soldi, orologi e collane. Il controllore si è spaventato parecchio, e ha fatto un paio di telefonate. Ma i due che ci avevano alleggerito erano sicuramente saltati a terra alla stazione dove il treno si era fermato poco prima.

Nello scompartimento e nel corridoio le luci erano accese. Io avrei voluto tornare da Stefi, ma non volevo dare a Ornella l'impressione di essere una fifona. Perciò sono stata zitta, ho finito di mangiare la mia barretta di cioccolato e ho atteso che il treno uscisse dalla galleria.

Quando il controllore ha aperto la porta e ha detto: – Biglietti, prego – Ornella e io ci siamo alzate e siamo tornate nel nostro scompartimento.

– Dove sei stata? – ha chiesto la donna a Ornella, con voce irritata.

– Ho passeggiato con Valentina.

– Lo sai che non devi allontanarti da me.

Ornella ha sbuffato, si è seduta e si è messa a guardare fuori con occhi cupi.

Stefi mi ha chiesto: – Tutto a posto, Valentina?

– Tutto a posto, Stefi.

DA AIX-LES-BAINS A PARIGI

Ad Aix-Les-Bains siamo scese e siamo salite su un TGV.

– Questi treni corrono a una velocità pazzesca – mi ha detto Ornella. – Raggiungono e superano anche i 250 chilometri all'ora. Pensa se andassero a sbattere contro una mucca o un'auto ferma sui binari!

– Ti piace fare ipotesi catastrofiche? – ho chiesto a Ornella.

– Molto. E a te?

– Qualche volta.

– A cosa pensi di solito?

– Ad alluvioni, terremoti, esplosioni di gas...

– Anch'io. Credo che un po' mi somigli. Che ne dici, continuiamo a tenerci in contatto?

– Posso darti il mio numero di telefono o la mia e-mail. Tu hai la posta elettronica?

– Naturalmente. A volte quella posta mi fa venire degli strani desideri.

– Per esempio?

– Mi piacerebbe spedire un virus che bloccasse tutti i sistemi informatici delle fabbriche di armi. Purtroppo non so come si fa.

– No, i virus sono pericolosi. Si sa da dove partono, ma non si sa dove arrivano. Però sarebbe bello mandare in tilt le fabbriche di armi.

La donna che accompagnava Ornella a quel punto è intervenuta dicendo: – Non dite sciocchezze e non giocate troppo con i computer. Vi rovineranno la vita.

– Mi scusi, ma i computer hanno anche aspetti positivi – mi è venuto da dire.

La donna mi ha guardata con cipiglio. Ornella, invece, ha mosso le labbra e, silenziosamente, mi ha comunicato: – Ben detto, Valentina.

Il treno ha preso velocità, noi abbiamo tirato fuori i sacchetti delle cibarie e abbiamo pranzato.

– Quando arriveremo a Parigi? – ho chiesto a Stefi.

– Verso le cinque, Valentina.

– Che bello.

– Purtroppo non vedremo molto.

– Ma almeno la metropolitana sì – è intervenuta Ornella.

– Non voglio che Valentina si stanchi troppo – ha replicato Stefi. – Perciò prenderemo un taxi per andare in albergo.

– Ma io ho promesso a Valentina che le avrei fatto conoscere la metropolitana di Parigi – ha insistito Ornella. – Andiamo dalla stessa parte e potremmo fare insieme anche l'ultimo pezzo del nostro viaggio.

Stefi mi ha interrogata con gli occhi.

– Le valigie non sono poi così pesanti – ho detto. – E io non sono affatto stanca.

– Faremo come vuoi.

Il treno è entrato nella Gare de Lyon alle

cinque in punto e dieci minuti dopo eravamo sulla banchina ad attendere il *métro*.

– Dovremo cambiare a Saint-Lazare – mi ha detto Ornella. – Non preoccuparti. So il fatto mio. Vienimi dietro e tra mezz'ora sarai davanti al tuo albergo.

BUIO NELLA METROPOLITANA

Sono salita sulla metropolitana con un po' di emozione e sono andata a sedermi accanto a Ornella.

– Be', che ne dici? – mi ha chiesto.

– Pare molto interessante.

– È come un gioco. I treni si incrociano come se percorressero una ragnatela. E poi a volte sul *métro* si incontrano dei tipi davvero curiosi.

Io mi sono guardata intorno e ho notato

due giapponesi con le macchine fotografiche a tracolla, un donna nera con un bambino al fianco, una donna indiana con un sari e un miscuglio di inglesi e di tedeschi con delle cartine in mano.

Poi è salito un ragazzo con una chitarra, si è sistemato in fondo al vagone e si è messo a suonare.

– Tra poco passerà a chiedere dei soldi – mi ha detto Ornella. – Tu che fai, gli dai qualcosa?

In tasca avevo delle monetine francesi che mi aveva dato Stefi. Le ho tirate fuori e ho detto a Ornella: – Ho solo queste.

– Basteranno. Danne un paio anche a me.

Quando il ragazzo ha terminato il suo giro, Ornella e io siamo state le uniche ad avergli dato un'offerta. Un uomo ci ha guardate con disprezzo, e Ornella mi ha detto: – Qui dentro sono tutti spilorci. Scommetto che stanno pensando che siamo delle stupide e che incoraggiamo l'accattonaggio. Ma a me quei ragazzi con la chitar-

A volte sul métro si incontrano dei tipi curiosi…

ra sono simpatici. Non rubano, non spacciano e ti regalano un po' di musica. Che vuoi di più?

Io ero d'accordo con lei e ho cercato con gli occhi Stefi, nascosta tra una folla di persone che si accalcavano vicino alle uscite.

Ne avevo appena colto lo sguardo, quando il treno ha cominciato a sussultare. Alla fine si è fermato, le luci si sono spente una dopo l'altra e il vagone è piombato in un buio totale.

– Diavolo, questa non ci voleva! – ha esclamato Ornella.

– Secondo te cosa può essere successo? – le ho chiesto.

– Una caduta di corrente. Capita, ogni tanto. Tieni stretto il marsupio. Qualcuno potrebbe approfittarne per sfilartelo.

– È ben agganciato.

– Comunque sta' attenta.

La gente si è messa a mormorare e un bambino ha cominciato a piangere.

– *Allons, tais-toi* – ha detto una voce di donna. – *Ça ne va pas durer longtemps.*

– Cosa ha detto? – ho chiesto a Ornella.

– Che non durerà molto.

Ma per quasi tre minuti la luce non è tornata e a un certo punto qualcuno ha acceso un fiammifero.

– Valentina, va tutto bene?

Ho udito la voce di Stefi nonostante il mormorio nel vagone e le ho risposto: – Sì.

– Stia tranquilla, signora, è sotto la mia protezione – ha gridato Ornella.

Finalmente le luci si sono riaccese, la gente ha sospirato e il treno è ripartito.

All'uscita dal *métro*, Ornella era un po' malinconica e mi ha detto: – Sai che mi mancherai, Valentina? Mi piacerebbe rivederti un giorno. Magari proprio a Parigi. Ti scarrozzerei per la città e credo che riuscirei a farti divertire. Mi prometti che mi telefoni o mi scrivi?

– Te lo prometto, Ornella.

Ornella mi ha abbracciata, mi ha baciata

su una guancia e mi ha mormorato in un orecchio: – È davvero bella Stefi. Forse stanotte ti lascia sola e va a cercarsi un innamorato.

In albergo siamo arrivate poco prima delle sei. Avevamo prenotato una stanza con due letti e, appena entrate in camera, Stefi mi ha detto: – Io ho bisogno di una doccia. Vuoi farla tu per prima?

– No, ci vado dopo.

Mentre Stefi cantava sotto la doccia, mi sono affacciata alla finestra. Dava su una stradina poco trafficata e mi ha suscitato un'impressione di solitudine.

Stefi è uscita dal bagno con un asciugamano avvolto intorno alla vita, ha aperto la valigia, ha lasciato cadere l'asciugamano e si è infilata un accappatoio.

– Sei bella, Stefi – le ho detto.

– Fa piacere sentirselo dire. Ma anche tu prometti bene, Valentina.

– Figuriamoci. Sono così normale.

– Aspetta e vedrai.

Sotto la doccia sono rimasta a lungo. Mentre l'acqua mi pioveva addosso, ho riflettuto che in poche ore mi erano già successe molte cose. Avevo conosciuto Ornella, avevo viaggiato nella metropolitana, avevo provato un po' di paura. E avevo dato un primo sguardo a Parigi prima di entrare in albergo.

«Non siamo lontani dalla Senna e da Nôtre-Dame» mi aveva detto Stefi. «Ma ne riparliamo dopo cena.»

UN VESTITO ELEGANTE E UNA TELEFONATA A CASA

– Che ne dici se mettiamo da parte i jeans e ci vestiamo con un po' di eleganza? – mi ha proposto Stefi. – Voglio portarti in un ristorante carino che frequento spesso quando sono da queste parti.

– Quale preferisci di questi due vestiti?

– Quello bianco con le roselline.

Io ho indossato il mio vestito, Stefi si è infilata il suo. Poi ci siamo guardate entrambe nello specchio addossato a una parete della camera.

– Possiamo andare – ha detto infine Stefi.

– Prima però vorrei telefonare a casa.

– Mi sembra giusto.

– Qual è il prefisso per l'Italia?

Stefi ha composto per me il numero al telefono vicino al comodino e, dopo due squilli, ha risposto mio padre.

– Pronto?

– Ciao, papà. Sono io.

– Ciao, piccola. Dove sei?

– A Parigi, in albergo con Stefi.

– È andato bene il viaggio?

– Finora è andato tutto a meraviglia. Ho fatto amicizia con una ragazza e ho viaggiato nella metropolitana di Parigi.

– Hai perso nulla?

– No, l'unica cosa che rischio di perdere è la testa. Dov'è la mamma?

– È qui che cerca di strapparmi il telefono di mano. Ciao, piccolina. E attenta alla testa.

– Valentina?

– Ciao, mamma.

– Stanca?

– Solo un po'. Ma ho fatto una bella doccia e sto per uscire con Stefi.

– Andate a vedere Parigi?

– Non avremo molto tempo per farlo. Prima, però, andremo a mangiare al ristorante.

– Cos'hai addosso?

– Uno dei due vestiti che hai messo in valigia.

– Allora buona cena, Valentina.

– Grazie, mamma.

– Aspetta, c'è Luca che vuole dirti qualcosa.

Ma Luca al telefono non è venuto e io ho chiesto a mia madre: – Cos'ha?

– Dice che non vuole dormire da solo stanotte.

– Non lo farete dormire nel lettone con voi!

– No, ma se ha un incubo, sarà difficile respingerlo.

Luca è famoso per i suoi incubi. Li ricorda per settimane e gli sconvolgono la vita. Di solito, quando si sveglia di soprassalto e si mette a tremare come una foglia, viene a rifugiarsi nel mio letto. Ma se gli capiterà una di queste notti, sono sicura che filerà come un razzo nella camera dei miei e si tufferà tra mamma e papà.

Con gli incubi non si scherza, lo so. Ma quando li ho io, mi sforzo di resistere e cerco di non svegliare nessuno. Però non è facile imparare.

– Salutamelo – ho detto a mia madre.

Quando ho riattaccato sono rimasta un po' pensosa e Stefi mi ha chiesto. – A cosa pensi?

– A come sono diventata più grande in poche ore.

LA ROSA DI FRANÇOIS

Nel ristorante la gente cenava a lume di candela. Il cameriere che ci ha accolte sulla soglia ci ha accompagnate a un tavolo un po' isolato.

– *Merci, François* – gli ha detto Stefi.

– Lo conosci? – le ho chiesto.

– Sì, lavora qui da più di due anni ed è un tipo simpatico.

Ogni volta che ci portava un piatto, François si tratteneva una manciata di secondi per scambiare qualche parola con Stefi.

– *Votre nièce?* – le ha chiesto a un certo punto accennando a me.

– *No, elle est une petite amie que j'amène avec moi en Angleterre.*

– *Elle est très mignonne.*

– *N'est-ce pas?*

– Cos'ha detto? – ho chiesto a Stefi quando François si è allontanato.

– Ha detto che sei molto carina.

Al termine della cena, François mi ha portato una rosa su un vassoio e mi ha detto:
– Con gli omaggi della Direzione, signorina.

Sono rimasta senza parole, naturalmente. Poi però mi sono ripresa e ho detto:
– Grazie.

Ho preso la rosa, l'ho annusata, e sono uscita dal ristorante stringendola fra le dita.
– Fa così con tutte? – ho chiesto a Stefi.
– Non credo.
– Adesso dove andiamo?
– È una sera dolce, e prima di andare a dormire penso che una passeggiata lungo la Senna sia la cosa migliore da fare.

Quando ci siamo incamminate lungo le spallette del fiume ho osservato a lungo le sue acque. Ormai era buio, e le luci dei lampioni erano accese.

Lungo le rive c'erano barche, chiatte, battelli. Ma in certi punti il fiume era completamente sgombro. Ed era lì che la luna si rifletteva nell'acqua tremolante.

Ho dato una mano a Stefi e abbiamo camminato a lungo in silenzio. Anche quel lungosenna non lo avrei dimenticato facilmente. E per ricordarlo meglio, avrei annotato sul taccuino di Tazio tutte le sensazioni che stavo provando mentre lo percorrevo.

Com'ero lontana da casa mia in quel momento! Anzi, mi sembrava di non avere nemmeno più una casa.

A un certo punto Stefi mi ha detto: – Credo che sia meglio rientrare, Valentina. Domani ci aspetta una giornata molto faticosa.

– Peccato. Io continuerei a camminare fino all'alba.

– Chissà che un giorno non si possa fare.

– E come?

– Potresti accompagnarmi a Parigi per qualche giorno e vedremmo ogni cosa con più calma. E una sera potremmo uscire e trattenerci fuori fino all'alba. Poi torneremmo in albergo e dormiremmo tutta la giornata.

– Mi piacerebbe davvero. Me lo prometti?

– Certo.

– Grazie, Stefi. Mi stai regalando dei momenti bellissimi.

TANTE DOMANDE A STEFI

Quando siamo tornate in albergo erano passate le dieci e mezzo. Ma una volta a letto, non ci siamo addormentate subito.

– Sei già nel mondo dei sogni, Valentina?

– Ancora no, Stefi. Tu hai sonno?

– Credo che conterò un bel po' di pecorelle prima di addormentarmi.

– Soffri di insonnia?

– Di tanto in tanto.

– A me non capita mai. A parte ieri notte. Ero troppo eccitata per dormire.

– Immagino che sarai impaziente di vedere Elisabeth.

– Ma anche Emma. È la mia amica di penna inglese, ho la sua foto e voglio sentire la sua voce e guardarla negli occhi. Com'è Elisabeth?

– È una donna buona.

– Come l'hai conosciuta?

– Per caso. Una volta eravamo sedute allo stesso tavolo in un ristorante di Plymouth, attaccammo discorso, ci piacemmo a vicenda e diventammo amiche. Ho dormito un paio di volte a casa sua, ho conosciuto il marito e i due figli, Richard e Anne-Marie. Il marito è toscano, si chiama Edoardo e i due bambini sono cresciuti imparando l'inglese e l'italiano.

– Hanno degli animali in casa?

– Hanno un cane. Si chiama Paddy ed è un levriero.

– E la Cornovaglia com'è?

– Verde, ondulata, battuta dal vento e sferzata dal mare. Popolata da fantasmi, misteri e leggende.

– Tu ci abiteresti per sempre?

– Ci abiterei a lungo, ma non per sempre. È la terra ideale per fare lunghe camminate, per scrivere e sognare. Ma a me piace anche volare.

– Dici che avremo tempo per fare delle passeggiate?

– Credo proprio di sì. Non staremo sempre chiusi in casa e non passerai tutte le tue ore a scuola con la tua amica.

– Pensi che piacerò a Richard e a Anne-Marie?

– Perché non dovresti?

– Sono un'estranea per loro. Magari mi considereranno un'intrusa. Non sono un po' scostanti gli inglesi?

– Storie. Elisabeth e tutta la sua famiglia sono tra le persone più ospitali che conosca. Richard ha dieci anni e Anne-Marie ne ha dodici. Vedrai che ti prenderanno sotto le loro ali e ti porteranno in giro a vedere i posti più belli della loro regione.

– È una fortuna che parlino italiano.

– Tu, però, cerca di esprimerti anche in inglese.

– Commetterò un sacco di errori, se ci provo. Non voglio che ridano di me.

– Chi cerca di parlare una lingua che non conosce, non fa ridere. Suscita simpatia e tenerezza, piuttosto.

– Stefi, credo che vorrei essere come te.

– Ho tanti difetti, Valentina.

– Però sai nasconderli bene. Io non ne ho notato nemmeno uno, finora.

– Hai sempre la risposta pronta, eh?

– Mi piace dire quello che penso.

– Da chi hai preso?

– Da nessuno. Mia madre, infatti, è timida. Mentre mio padre cerca sempre di essere diplomatico.

– Sai una cosa, Valentina? Mi piacerebbe che tu fossi mia figlia.

– Perché non ti sei ancora sposata, Stefi?

– Perché non riesco a stare ferma a lungo nello stesso posto.

– Non hai mai avuto un innamorato?

– Sì, più di uno. Ma non è durata mai molto. Adesso, però...

Stefi si è interrotta e io ho atteso che continuasse.

– Adesso, però, credo di voler davvero bene a qualcuno – ha ripreso.

– Posso chiederti come si chiama?

– Si chiama Tony e vive a Colonia, in Germania. Chissà, forse è l'uomo giusto e prima o poi potremmo anche sposarci.

– Verrei volentieri al tuo matrimonio.

– Saresti la prima a essere invitata.

– Grazie. E poi andresti a vivere in Germania?

– No, metteremmo su casa in Italia. E non sarebbe nemmeno necessario obbligare Tony, visto che va matto per il nostro paese e per Venezia in particolare.

– Che lavoro fa?

– Dipinge.

– E come si guadagna da vivere?

– Vendendo i suoi quadri. Sono molto apprezzati.

– Non te ne ha mai regalato uno?
– Dice che vuole regalarmi il più bello. Ma per lui il più bello è sempre quello che deve ancora fare.
– Speriamo che non ti faccia aspettare troppo.
– A te non piace aspettare?
– A volte sì, a volte no.
– Valentina, mi si chiudono gli occhi.
– Anche a me.
– Allora basta chiacchierare?
– Direi di sì. Buona notte, Stefi.

BOULOGNE-SUR-MER

Alle sette abbiamo fatto colazione, alle otto e mezzo siamo partite dalla Gare du Nord.

Sul treno abbiamo ricontrollato che le

nostre valigie portassero ben chiaro l'indirizzo della nostra destinazione.

– Non si sa mai – aveva detto Stefi. – Potremmo smarrirle, potremmo dimenticarle. Con l'indirizzo appiccicato sopra, c'è speranza di riaverle, prima o poi.

– Spero proprio di non perdere la mia valigia – ho detto. – Che ci faccio con i soli indumenti che ho addosso?

– Niente paura. Te ne comprerei io degli altri.

– E se rubassero la tua valigia?

– Te li comprerei lo stesso. I soldi e le carte di credito li porto addosso e dovrebbero rapire me per togliermeli.

A Boulogne-sur-Mer siamo arrivate verso le dieci e mezza e ci siamo messe in fila insieme a tanta altra gente, per salire sulla nave.

La grande nave era legata al molo da cavi robusti e sembrava impossibile che sarebbe riuscita a muoversi.

– Per dove si sale? – ho chiesto a Stefi.

– Vedi quella passerella? È così che saliremo sulla nave. Pensi che soffrirai il mal di mare?

– Non lo so. È la prima volta che faccio un viaggio in nave.

– Quante prime volte ci sono nella vita, eh, Valentina?

– Già. E tu? Tu avrai il mal di mare?

– No, io ho lo stomaco robusto, e le poche traversate che ho fatto finora non mi hanno dato fastidio. Vero è che le ho sempre fatte col mare calmo. Oggi, invece...

E Stefi ha guardato il cielo. L'ho guardato anch'io e ho visto che era grigio e nuvoloso. Il mare era livido e il vento lo pettinava sollevando barbe di schiuma bianca.

– Credo che stia cominciando ad agitarsi – ha osservato Stefi. – Ma se la nave parte, vuol dire che può farcela. Stai tranquilla.

– Io sono tranquilla – ho detto.

In fondo ho sempre desiderato trovarmi su una nave che solcasse il mare in mezzo a una tempesta. Purché ne venissi fuori sana e salva, naturalmente.

– Tocca a noi – mi ha detto Stefi, distogliendomi dall'immagine di vele stracciate e di marosi ruggenti.

La nave è uscita dal porto, ha fatto un giro quasi completo su se stessa, ha puntato la prua verso la costa inglese e ha preso velocità.

SUL PONTE DELLA NAVE

– Cosa facciamo? – ho chiesto a Stefi.

Eravamo nel grande salone dove si affollava la maggior parte dei passeggeri. C'era chi leggeva, chi prendeva il caffè, chi si appisolava in una poltrona.

– Tu cosa vuoi fare? – mi ha chiesto a sua volta Stefi.

– Vorrei andare sul ponte a vedere il mare.
– Vuoi che venga con te?
– Se ti va.
– Copriamoci bene, però. Fa freddo e il vento ci prenderà a frustate.

Abbiamo tirato fuori dalle valigie le nostre giacche a vento e, dopo un complicato itinerario fatto di corridoi e di scale, siamo arrivate sul ponte.

Non c'era quasi nessuno, perché faceva davvero freddo. Io ho guardato il cielo e ho chiesto a Stefi: – Pensi che pioverà?

Stefi ha annusato l'aria e mi ha risposto: – Difficile dirlo. Il vento soffia da nord e non mi sembra che porti pioggia.

Abbiamo cominciato a percorrere il ponte lentamente e ci siamo affacciate prima su un lato della nave, poi sull'altro. Il cielo e il mare si confondevano tra loro e io ho cercato inutilmente dei gabbiani nell'aria. Ormai eravamo abbastanza lontani dalla costa francese, ma quella opposta ancora non si vedeva.

– Non mi sembra vero di trovarmi nel Canale della Manica – ho detto a Stefi. – Finora, per me, era solo un nome sull'atlante geografico.

– Te l'eri immaginato così?

– No. Credevo che fosse solo un canale, invece qui siamo proprio in mezzo al mare aperto. È vero che sotto quest'acqua ci sono dei tunnel percorsi dai treni e dalle auto?

– È vero.

– Chissà che impressione pensare di avere tutta quest'acqua sopra la testa.

– Non credo che prenderò mai quei treni. Meglio guardare l'acqua dall'alto di un aereo.

– Mio padre ha il terrore degli aerei.

– E lo ha trasmesso anche a te?

– No. Non vedo l'ora di volare. Voglio attraversare le nuvole da parte a parte e vedere quanto è piccola la terra che sta sotto di me.

– Sei coraggiosa, Valentina?

– Mica tanto, a dire il vero. Però mi piace fare esperienze diverse e provare sensazioni nuove.

– Come quelle che ti procura questa nave, che sta ballando troppo per i miei gusti? Tu come ti senti?

– Ho un po' freddo. Ma per il resto sto bene. Non ho la nausea. Vuoi tornare di sotto?

– Non voglio lasciarti sola.

– Allora diamo un'occhiata dalla poppa della nave e poi ce ne torniamo al caldo nel salone, insieme agli altri.

Ho dato la mano a Stefi e ci siamo avvicinate alla ringhiera, dalla quale potevamo vedere la lunga scia che la nave lasciava dietro di sé.

L'acqua sembrava dividersi in due e io ho avuto un tuffo al cuore quando ho visto la distesa grigia davanti a noi e le onde che si accavallavano come se fosse in corso una violenta battaglia tra cielo e mare.

INCUBO SUL MARE

Ho messo un braccio intorno alla vita di Stefi e lei ha posato il suo sulle mie spalle. Siamo rimaste così, in silenzio, a guardare il mare. E nella mia testa hanno cominciato a vorticare confusi pensieri e confuse sensazioni.

Le onde che ribollivano sotto i miei occhi mi affascinavano e mi spaventavano.

Sembravano dirmi: «Che te ne pare, Valentina? Non siamo uno spettacolo grandioso? Peccato che lo guardi da lassù. Ti sei mai chiesta cosa c'è in fondo al mare? C'è una vita che non conosci e che sarebbe stupendo vivere. E tu puoi viverla, se vuoi. Allora, cosa aspetti a raggiungerci? Ti porteremo giù, sempre più giù. Non aver paura. Atterrerai sul fondo cullata dal nostro abbraccio. Tu puoi essere dei nostri, se vuoi. Vedi come l'acqua ribolle?

È un ribollire di gioia. Vieni, Valentina, vieni».

Quelle parole mi è sembrato di udirle veramente. Allora mi sono scossa e ho stretto Stefi con più forza.

– Cos'hai, Valentina?
– Mi sono venuti i brividi.
– Torniamo sottocoperta?
– No, restiamo ancora un po'.

I miei occhi sono tornati al mare, che rumoreggiava spaventoso, ma che aveva smesso di parlare e sembrava irritato perché non avevo accolto il suo invito a tuffarmi.

Ho pensato a mia madre, a mio padre, a Luca, a Ottilia, a Tazio. Erano lontani, molto lontani. Ma mi aspettavano. E anche se adesso stavo viaggiando verso una terra che non conoscevo, tra pochi giorni sarei tornata a casa e avrei ripreso la mia solita vita.

A questo pensiero ho sospirato e gli occhi si sono riempiti di lacrime.

– Valentina, piangi? – mi ha chiesto Stefi.

– No, è il vento che mi fa bruciare gli occhi.

– Stiamo prendendo troppo freddo. È meglio scendere di sotto.

– Vorrei vedere la costa inglese.

– Con questo tempo, la vedremo solo quando saremo a poche centinaia di metri di distanza.

Mentre lasciavamo il ponte, ho chiesto a Stefi: – Dimmi la verità, tu hai paura di morire?

– Si capisce. Ma cerco di non pensarci. Ho voglia di fare tante cose, ancora. La morte può aspettare. Perché mi hai fatto questa domanda?

– Perché poco fa, guardando il mare, mi sono venuti degli strani pensieri.

– Sarà l'effetto del rullio e del beccheggio della nave. Il mare è proprio agitato.

– Mi sento così fragile su questa nave.

Stefi mi ha preso il viso tra le mani e mi ha detto: – Forse comincio a capire meglio perché mi piaci, Valentina. Mi ricordi tanto la Stefi che un giorno ha provato le tue stesse paure. Erano le paure di chi non voleva diventare grande, anche se non vedeva l'ora di essere forte e libera. Vieni, andiamo a bere qualcosa di caldo. Non vorrei che ci ammalassimo e che passassimo la nostra settimana in Cornovaglia con un termometro in bocca e una bottiglia di sciroppo sul comodino.

GIOCO, FORTUNA E SLOT MACHINES

Dopo aver bevuto un bicchiere di latte caldo, mi sono seduta in poltrona accanto a Stefi e mi sono messa a leggere un libro che mi ero portata da casa.

Ho letto per una mezz'ora circa. Poi, di colpo, ho deciso di esplorare gli altri locali della nave.

- Mi faccio un giro - ho detto a Stefi.
- Sono sicura che non mi perderò.
- Tieni, questa è una moneta da dieci franchi.
- E cosa me ne faccio?
- Potresti comprare delle caramelle o una tavoletta di cioccolato.
- Non è una cattiva idea - ho detto ridendo. E sono uscita dal salone.

Sono passata da un piano all'altro della nave e quando stavo per tornare da Stefi, la mia attenzione è stata attirata da alcune *slot machines*. Ce n'erano tre, una accanto all'altra, e davanti a quella centrale stava un ragazzo con il viso arrossato.

Continuava a infilare monete nella fessura, tirava una levetta con violenza, ma non vinceva niente.

- Allora ce l'hai con me! - ha urlato a un certo punto.

Ma guarda, è italiano, ho pensato.

Però mi sono tenuta fuori dalla sua vista e l'ho osservato da lontano.

– Non è possibile, non è possibile! – si è messo a urlare. E ha cominciato a prendere a pugni la macchina.

Adesso scommetto che la prende anche a calci, ho pensato. Ma quando si è affacciato nella sala un tizio con una divisa addosso, il ragazzo si è messo le mani in tasca e ha mormorato alla macchina: – Maledetta. Prima di arrivare a terra ti distruggo.

E se n'è andato.

Io sono entrata nella saletta e mi sono avvicinata alla macchina presa a pugni dal ragazzo.

Era la prima volta che vedevo da vicino una slot machine. È vero che il gioco fa impazzire? Probabilmente sì. Quel ragazzo era fuori di sé e, se non fosse arrivato l'inserviente della nave, forse avrebbe cercato di distruggere davvero la macchina.

Com'era fatta?

L'ho esaminata da vicino e mi è sembrato che mi prendesse in giro. «Non hai il coraggio di provare?» pareva dirmi. «Ma certo, sei troppo piccola. Sei solo una bambina spaventata. Va', torna dalla tua babysitter. Il rischio e l'azzardo non sono fatti per te.»

Ho notato che nella macchina si potevano introdurre anche delle monete da dieci franchi. E io in tasca ne avevo una. L'ho presa, l'ho esaminata e ho cercato di calcolare cosa avrei potuto comprare sulla nave, prima che attraccasse al molo della costa inglese. Ormai non doveva mancare molto e forse era meglio che mi affrettassi a raggiungere Stefi.

Ho dato un'occhiata all'ingresso della sala gioco. Non c'era nessuno che mi osservasse. Ero proprio sola. Perché non provare? Avevo visto come funzionava la macchina, ma prima di infilare la moneta nella fessura ho esitato.

È ridicolo, mi sono detta. Perché sprecare dieci franchi? Magari quegli aggeggi erano anche truccati e servivano solo a ripulire le tasche dei più ingenui.

Ho rimesso la moneta in tasca e ho fatto

per allontanarmi. Poi, però, sono tornata davanti alla macchina. In fondo voglio solo fare un'esperienza, ho pensato. Sarà un'altra delle "prime volte" che sto sperimentando in questo viaggio. Su, infila la moneta, tira quella levetta e non pensarci più, Valentina.

Ho infilato la moneta, ho afferrato la leva e ho tirato con un colpo deciso, chiudendo gli occhi e smettendo di respirare.

Quando la leva è arrivata in fondo, le ruote che riproducevano fiori, gelati e frutti si sono messe a girare vorticosamente. Poi hanno cominciato a fermarsi una dopo l'altra, e alla fine, davanti ai miei occhi, si sono allineati cinque fiordalisi. Ho spalancato la bocca e ho creduto di avere le traveggole. Ma subito dopo, nella cassettina sottostante, è scrosciata una pioggia di monete che è rintronata nella mia testa con il fragore di una cascata.

Ho sollevato lentamente il coperchio. Ora avevo a mia disposizione una grande quantità di monete da dieci franchi. Le ho raccolte a tre e a quattro per volta, le ho in-

Ho creduto di avere le traveggole...

tascate e sono corsa via come una ladra, con il cuore che mi scoppiava.

– Valentina, cosa ti è successo? – mi ha chiesto Stefi, quando sono piombata sulla poltrona accanto a lei.

– Una cosa incredibile – le ho risposto.

E le ho raccontato tutto.

Stefi si è messa a ridere, io ho tirato fuori il mucchio di monete e ci siamo messe a contarle.

– Cinquecento franchi! – ha esclamato Stefi, sbalordita. – Devi avere sbancato la macchina.

– Non so come sia successo.

– Fortuna, Valentina, solo fortuna.

– Eppure quel ragazzo...

– Il caso è cieco, e oggi ha scelto te.

– Secondo me dobbiamo fare a metà. In fondo i dieci franchi erano tuoi.

– Ma io te li avevo regalati. Perciò appartenevano a te quando hai giocato. Questi soldi sono tuoi. Attenta, però. Non vorrei che ti prendesse la febbre del gioco.

– Scherzi? Non ho nessuna voglia di tornare davanti a quella macchina.

– Brava. Il gioco è una bestia che va tenuta a freno. Sarà meglio non rischiare troppo.

Prima di scendere dalla nave, tuttavia, Stefi mi ha consigliato di cambiare i franchi in sterline. Così siamo andate in un piccolo ufficio e abbiamo effettuato il cambio.

– Comprerò qualche regalo in più – ho detto.

FOLKSTONE, VICTORIA STATION, PADDINGTON

Mentre scendevo dalla nave, ho ripensato alle vertigini che mi avevano colto osservando il mare dalla poppa. Per fortuna c'era Stefi con me. L'averla vicina mi aveva rassicurato.

– Siamo in Inghilterra, Valentina.
– Come si chiama questo posto?
– Folkstone.
– Ah, già. E dove si prende il treno?
– Laggiù.

Nel punto indicato da Stefi c'era una folla paurosa.

– Come faremo a starci tutti?! – ho esclamato.

– Ne parte uno ogni mezz'ora – ha detto Stefi. – Ma a noi conviene prendere il primo disponibile. Non possiamo rischiare di perdere la coincidenza con l'espresso per Plymouth.

È stata dura, ma alla fine siamo riuscite a caricare le nostre valigie sul treno, anche se non abbiamo trovato un posto per sederci.

Il treno era vecchio, la gente era stravaccata dappertutto e molti si sono messi a mangiare panini e a stappare lattine.

– Hai fame? – mi ha chiesto Stefi.

– Sì, ma non ho voglia di mangiare in queste condizioni.

– Tra poco più di un'ora saremo a Victoria Station e pranzeremo in modo più decente.

Il treno è arrivato in orario e Stefi mi ha accompagnata in un self-service, dove abbiamo mangiato velocemente.

– A che ora parte il treno per Plymouth? – le ho chiesto.

– Alle tre precise. Ma dovremo andare a prenderlo in un'altra stazione. E cioè a Paddington.

– Sono già le due e un quarto.

– Prenderemo un taxi.

I taxi inglesi sembrano dei salottini.

– È la prima volta che ne vedo uno del genere – ho detto a Stefi.

– Stai annotando quante volte pronunci le parole «È la prima volta...»?

– Non ti preoccupare, le sto registrando tutte nel mio taccuino.

In realtà mi proponevo di farlo appena

fossimo arrivati a destinazione da Elisabeth. Il viaggio mi stava sfibrando e non riuscivo a trovare cinque minuti per isolarmi e scrivere qualcosa sul taccuino di Tazio.

A Paddington, Stefi mi ha detto: – Occupati delle valigie. Io vado a fare i biglietti.

La stazione risuonava di annunci senza interruzione e sui binari si rovesciavano fiumi di persone e nuvole di fumo azzurro. Sembrava di essere in una camera a gas e ho cercato di respirare con una mano sulla bocca.

– Ecco fatto – ha detto Stefi afferrando la sua valigia. – Abbiamo cinque minuti scarsi. Ce la fai con la tua valigia?

– Vai avanti e non preoccuparti.

Abbiamo fatto appena in tempo a salire sul treno. Le porte si sono chiuse alle nostre spalle e siamo andate a cercarci un posto.

Ce n'erano due vicino a un finestrino e siamo andate a occuparli.

– Così saremo dalla parte del mare – mi ha detto Stefi. – Non vorrei che ti perdessi un altro spettacolo.

LA MAREA
E UNA LETTERA
IMMAGINARIA

Lo spettacolo è cominciato quasi subito.

Davanti a me scorrevano dei paesaggi verdi e ondulati e a ogni città dove il treno fermava Stefi mi faceva una specie di lezioncina.

– Questa è Reading, sede di una bella Università. Ti interessa sapere qualcosa di più?

– Le università non mi dicono niente. Avrei voluto girare un po' per Londra.

– Lo faremo al ritorno. Ci riserveremo una giornata intera e ti porterò a Hyde Park. Sai cos'è?

– È il parco più grande di Londra.

– È persino qualcosa di più. Ma lo vedrai con i tuoi occhi. E se c'è il sole, ci metteremo in calzoncini, faremo jogging e poi ci coricheremo sull'erba, come fanno tanti londinesi.

Quando siamo arrivati nel Devon il treno ha cominciato a costeggiare il mare.

– Guarda! – ho esclamato.

– Sorpresa? – mi ha chiesto Stefi.

– Abbastanza.

Davanti agli occhi avevo dei tratti di costa completamente all'asciutto. Le barche erano coricate su un fianco, e la sabbia era coperta di alghe e di ogni genere di molluschi.

– È la bassa marea – mi ha detto Stefi.

– Non pensavo che il mare si allontanasse tanto dalla riva.

– È un bello spettacolo, vero?

– Sì, è la prima volta che...

Ma non ho finito la frase, e mi sono messa a ridere insieme a Stefi.

– Penso proprio che questo viaggio dovremmo intitolarlo *La prima volta di Valentina* – ha detto Stefi.

Allora ho tirato fuori il taccuino che mi

ha regalato Tazio e ho immaginato di scrivergli una lettera.

Caro Tazio,

mi trovo sul treno e sto costeggiando il mare. Però in questo momento c'è la bassa marea e il mare è lontano.

Hai mai visto uno spettacolo del genere? Io mai. Mi fa impressione sapere che più tardi l'acqua tornerà indietro e sommergerà tutto. Nulla può fermarla, e questo dev'essere bello e spaventoso nello stesso tempo.

In questo viaggio sto imparando molte cose. Anche cos'è la paura. Ma ti spiegherò a voce quando torno.

Non so quante pagine del tuo taccuino riuscirò a riempire. Dipenderà dal tempo che avrò per stare da sola. Finora ne ho avuto poco. Ma ho una buona memoria e scriverò il resto quando torno.

Io so come passi le tue giornate, ma tu non puoi immaginare come io passo le mie.

Ne avrò di cose da raccontarti quando ti rivedrò! E tu, avrai voglia di ascoltarle? Spero proprio di sì.

Ciao, Valentina

– Bello quel taccuino – mi ha detto Stefi quando ho finito di scrivere.
– Me l'ha regalato Tazio.
– Sono indiscreta se ti chiedo chi è?
– È un compagno di classe.
– Solo un compagno di classe?
– Be', sì. Cioè, no. Insomma, è un bambino simpatico al quale credo di voler bene.
– Ne sono felice per te, Valentina.
– Tu credi che alla mia età si possa volere un bene speciale a qualcuno?
– Che cosa ti piace di Tazio?
– Non è prepotente, non è presuntuoso e non dice mai parolacce. Inoltre è allegro, un po' pasticcione e... carino.
– Insomma stai bene con lui.

- Sì. Mi sembra che potrei raccontargli anche delle cose intime e personali senza vergognarmi troppo. Inoltre, in qualche occasione, ci siamo baciati sulla guancia. Credi che si possa fare?

- La tenerezza è un sentimento bellissimo e tutti abbiamo bisogno di coccole.

- Sono contenta di parlare con te di queste cose, Stefi. Tu sei una che prende sul serio le bambine.

- Con tua madre non ne parli mai?

- Sì, ma non l'ho mai fatto con la sincerità con cui lo sto facendo con te in questo momento. Con te, in un certo senso, mi sento più libera e a mio agio. Eppure io voglio bene a mia madre, mi fido di lei, mi confido molto...

- Ma è pur sempre tua madre. Io, invece, sono Stefi. Un'amica e basta.

- Sono contenta di avere un'amica grande come te.

Stefi mi ha accarezzata e ha detto:
- Guarda, il mare sta per tornare a riva.

Ho guardato fuori dal finestrino e ho visto l'acqua sempre più vicina. Il sole era già tramontato e stava per arrivare la sera.

PLYMOUTH

Mezz'ora dopo siamo scese alla stazione di Plymouth.

– Siamo al confine con la Cornovaglia, Valentina. Elisabeth è ormai vicinissima – mi ha detto Stefi. – Coraggio, ancora un piccolo sforzo e poi potremo riposarci nella sua casa calda e accogliente.

Fuori dalla stazione c'erano alcuni taxi, Stefi ne ha fatto avvicinare uno e abbiamo caricato le nostre valigie.

– *To the ferry, please* – ha detto all'autista.

L'autista è partito e Stefi mi ha detto:
– Plymouth è una bella città. Ha subito molti danni durante la seconda guerra mondia-

le. Ma ciò che le bombe hanno distrutto è stato ricostruito. Se avremo tempo, verremo a darle un'occhiata.

Il taxi ha impiegato una quindicina di minuti per depositarci davanti al *ferry*, che stava già caricando molte auto.

– Questo è il fiume Tamar – mi ha spiegato Stefi. – Separa il Devon dalla Cornovaglia e laggiù si getta nel mare. E questo è il traghetto che ci porterà sull'altra sponda, a Torpoint.

La corrente del fiume era abbastanza forte, ma il ferry era assicurato a due robustissime catene e non c'era pericolo che sbandasse o andasse alla deriva.

È stato bello attraversare il fiume sedute sul ponte. Io ho annusato avidamente l'odore della salsedine e mi sono sentita le braccia e i capelli bagnati. I gabbiani facevano la spola da una sponda all'altra, e ogni tanto si tuffavano nel fiume per pescare.

La traversata è durata pochi minuti.

Quando siamo scese, abbiamo preso un altro taxi.

– Non ho idea di come devo comportarmi – ho detto a Stefi. – Ho paura di sbagliare tutto.

– Comportati in modo naturale. Nessuno ti farà un esame.

– Credi che ci stiano aspettando in strada?

– A quest'ora gli abitanti di Torpoint sono chiusi in casa. Qui la giornata finisce presto. Appena gli uomini tornano dal lavoro, le strade si svuotano e in giro non circolano nemmeno i cani.

Il taxi ha percorso alcune strade in salita, ha fatto un po' di giri, ha costeggiato per un breve tratto il mare e cinque minuti dopo ci ha lasciati davanti alla casa di Elisabeth.

Era una casetta a schiera, con un giardinetto davanti e un cancelletto che la separava dalla strada.

Il taxi è ripartito e allora Stefi mi ha detto: – Andiamo a suonare. Elisabeth ci sta aspettando.

ELISABETH, RICHARD E ANNE-MARIE

Ma non c'è stato bisogno di suonare. Elisabeth ci aveva visto dalla finestra, è venuta ad aprire e, con un gran sorriso, ha detto: – *Hello, Stefi.*

– *Hello, Elisabeth. How nice to see you again.*

E, indicando me, Stefi ha aggiunto: – *My little friend Valentina. I think you know her.*

Elisabeth ha spalancato gli occhi e ha detto: – *Do you mean... Emma's penpal?*

Io ho sorriso e Elisabeth ha esclamato: – *I can't believe it!* – Poi mi ha stretto la mano e ha detto: – *Hello, Valentina.*

Io avrei voluto baciarla, però non osavo. Ma quando ho mormorato: – *Hello, Elisabeth* – Elisabeth si è chinata e mi ha baciata sulle due guance.

Poi ha detto: – *We are not used to kissing people, but I suppose it is all right with you.*

«Oddio, Stefi, traduci, traduci! Non ho capito niente» ho implorato Stefi con gli occhi.

Stefi ha capito il mio imbarazzo e ha detto: – Elisabeth dice che qui non sono abituati a baciarsi quando si incontrano. Ma tu sei una bambina, sei italiana e dunque pensa di aver fatto bene a baciarti sulla guancia.

Entrate in casa, ci sono venuti incontro Richard e Anne-Marie.

Anche loro mi hanno detto dapprima: – Hello, Valentina – ma poi hanno aggiunto: – Ciao e benvenuta.

Dunque era vero che parlavano anche italiano! Rinfrancata, ho sospirato e ho risposto: – Ciao.

Elisabeth ci ha subito mostrato la stanza al piano di sopra riservata a me e a Stefi e ci ha detto di fare con comodo. Appena eravamo pronte avrebbe servito la cena.

– Ah, che stanchezza! – ha esclamato Stefi gettandosi sul letto.

Io mi sono seduta sul mio e ho sbadigliato.
- Credo che sia la fame – ho detto.
- Ti è piaciuta Elisabeth?
- Ha un bel sorriso.
- È una donna splendida e cucina all'italiana. Molte verdure e molta frutta in tavola. Almeno quando ci sono io.
- E domani mattina cosa ci darà per colazione? Uova e pancetta?
- Scherzi? Ci saranno cereali, burro, marmellata, pane, biscotti, latte e succhi di frutta.
- Come da noi, insomma.
- Come da noi. Gli inglesi, di solito, mangiano in modo sostanzioso la mattina, quando sanno di dover stare fuori casa tutto il giorno. Ma i bambini mangiano esattamente le stesse cose che mangi tu prima di andare a scuola. Adesso diamoci una rinfrescata e scendiamo a onorare la cena di Elisabeth. Strano, non ho visto Paddy.

Paddy, il levriero di Elisabeth, ci è venuto incontro scodinzolando quando ci siamo affacciate sulle scale.

– *Hello, Paddy* – ha detto Stefi accarezzandogli la testa.

Paddy ha fatto un sacco di feste anche a me e mi ha persino leccato le mani.

Ma Richard gli ha detto di smetterla e il cane è andato ad accucciarsi accanto al divano nella sala da pranzo. Dalla sala si accedeva a una veranda e la veranda dava su un orto nel quale erano piantati carote, cavoli, cipolle, patate, basilico e prezzemolo.

– *Do you like England?* – mi ha chiesto Elisabeth durante la cena.

– *Yes* – ho risposto.

Ed Elisabeth mi ha fatto notare: – *You should say: «Yes I do». I hope you don't mind if...*

– *She doesn't mind* – l'ha rassicurata Stefi. E, rivolta a me, mi ha spiegato: – Elisabeth spera che non ti dispiaccia se corregge il tuo inglese.

– Può farlo quanto le pare – ho detto ridendo a Elisabeth. – Sono qui anche per imparare. *I don't mind, I don't mind* – ho ripetuto.

Tutti si sono messi a ridere.

Anne-Marie mi ha chiesto: – È la prima volta che vieni in Inghilterra?

– Sì. E tu, sei mai stata in Italia?

– Due volte. Ma solo per pochi giorni.

– Papà ha dei parenti in Italia – mi ha detto Richard. – In Toscana.

– Ed è lì adesso?

– Oh, no. È sulla nave. Nostro padre è imbarcato. Lavora per la marina britannica. Tornerà fra due mesi.

Questa era una novità e mi sono chiesta come mai Stefi non mi avesse anticipato qual era il mestiere del marito di Elisabeth.

Dopo cena, Richard ha messo il guinzaglio a Paddy e mi ha chiesto se volevo uscire con lui a far passeggiare il cane.

Ero stanca, ma non ho voluto dire di no al suo invito. Perciò ho indossato la giacca a vento e l'ho seguito.

Siamo andati in un prato molto vasto. Paddy è stato sciolto e ha cominciato a correre in lungo e in largo. Richard lanciava ora un ramo, ora una pietra, e il cane raggiungeva l'uno o l'altra prima ancora che toccassero terra.

– È velocissimo – ho osservato.

– Ha dei muscoli d'acciaio, anche se non è più giovane.

– Puoi parlarmi in inglese ogni tanto. Mi sforzerò di capire.

– *All right. I hope you'll enjoy staying with us for a few days.*

– Aspetta, aspetta. Parla più piano. Cosa hai detto?

– Spero che starai bene con noi nei prossimi giorni.

– Sono sicura che starò benissimo.

STEFI FA DA MAMMA

Prima di coricarmi ho detto a Stefi:
– Vorrei chiamare mia madre.
 – Usa il mio cellulare.

Mia madre ha risposto al primo squillo e ha detto: – Ciao, Valentina.
 – Ciao, mamma. Come facevi a sapere che ero io?
 – L'ho intuito. Dove sei? Come stai? Procede tutto bene?
 – Sono a casa di Elisabeth e non potrebbe andare meglio. Sono stata accolta benissimo e Stefi mi sta facendo da mamma.
 – Bene, ma ricorda che tua madre sono io.
 – Volevo dire che...
 – Ho capito, ho capito. Stefi è una donna in gamba, lo so.
 – E papà?
 – È arrivato a casa stanchissimo. Ha cenato ed è andato a dormire.

– Anche Luca sta dormendo?

– No, è qui vicino a me.

– Passamelo.

Luca ha preso il telefono e, con voce imbronciata, mi ha chiesto: – Allora, quando torni?

– Luca, sono appena arrivata.

– Cosa mi porti in regalo?

– Ancora non lo so. Ma stai tranquillo, mi guarderò intorno e vedrò di trovare qualcosa di adatto a te.

Luca ha ceduto il telefono a mia madre e lei ha mormorato: – Poverino, si sente così solo.

– Però quando sono a casa mi fa solo dispetti.

– È quando non ci sei che uno si accorge di volerti bene.

– Adesso riattacco, mamma. Non voglio approfittare troppo del cellulare di Stefi.

– Dov'è?

– Nel bagno. Si sta preparando per andare a dormire.

– Salutamela e ringraziala. Buona notte, Valentina.

– Buona notte, mamma.

Mentre mi infilavo a letto ho ripensato alle parole di mia madre. «Possibile che sia gelosa di Stefi?» mi sono chiesta.

Con Stefi ho parlato poco, perché avevamo sonno tutte e due.

– Domani mattina dovremo alzarci presto – mi ha detto. – Elisabeth deve essere a scuola per le otto e la colazione sarà pronta per le sette e un quarto. Tu comunque dormi tranquilla. Verrà a svegliarci lei.

– Verrai anche tu a scuola con noi?

– Naturalmente. Le altre volte che sono stata qui ho girato la regione, ma non sono mai entrata nella scuola dove insegna Elisabeth. Approfitterò della tua presenza per imparare un po' di cose.

– Allora anche per te c'è una prima volta in questo viaggio!

– Proprio così.

– Tu sei molto amica di mia madre?

– C'è bisogno di chiederlo?

– E pensi che due amiche, a volte, possano essere gelose una dell'altra per qualche ragione?

– Due vere amiche non credo. Però il cuore umano è così complicato! Perché mi hai fatto questa domanda?

– Così. Buona notte, Stefi.

– Dormi bene, Valentina.

Prima di addormentarmi ho pensato a casa mia, a mia madre che sparecchia e lava i piatti, a Luca che fa i compiti, a mio padre che dorme su un fianco, alla mia camera e al mio letto vuoto. In quel letto ho sempre dormito bene e, se potessi, me lo porterei in giro per il mondo.

Ma forse è meglio che se ne stia lì, così avrò un'altra ragione per tornare a casa.

CANTI
E PARABOLE

Alle otto e mezza sono entrata nella scuola di Elisabeth. Le gambe mi tremavano, ma ero anche molto eccitata.

I bambini si affollavano nel cortile davanti alle aule e, quando Elisabeth si è diretta verso la sua, ho abbracciato con lo sguardo il gruppo di bambini in attesa.

Dov'era Emma?

L'ho riconosciuta subito e ho avuto la tentazione di correre ad abbracciarla. Ma, di colpo, sia io, sia lei, siamo ammutolite e ci siamo salutate con un cenno della testa. Poi sono entrata in classe e mi sono trovata al centro dell'attenzione di tutti.

Elisabeth mi ha fatta sedere accanto a lei, vicino alla cattedra, e Stefi mi ha stretto un braccio.

– Oggi sei tu la star – mi ha detto.

Io però avrei voluto mescolarmi agli altri

e non avere addosso tanti occhi contemporaneamente.

Elisabeth mi ha presentato alla classe e ha fatto l'appello.

I bambini c'erano tutti. Poco dopo è passato un ragazzo a prendere l'elenco di chi pranzava a scuola e Elisabeth ha spiegato a Stefi che di lì a poco tutte le classi si sarebbero riunite nella palestra della scuola per una specie di servizio religioso.

Alle nove in punto, infatti, i bambini hanno lasciato le aule in fila ordinata, e sono andati a disporsi nella palestra sedendosi per terra, una classe accanto all'altra. La palestra si è riempita quasi completamente e poco dopo è arrivato anche il direttore.

In un angolo della palestra c'era un piano. E quando c'è stato silenzio assoluto, una donna ha cominciato a suonare una musica dolce e malinconica. I bambini si sono alzati in piedi e hanno cominciato a cantare.

Elisabeth ha spiegato a Stefi che questo

I bambini hanno cominciato a cantare...

incontro ha luogo tre volte la settimana e che tutti sono obbligati a parteciparvi.

– Da noi una cosa così non c'è – ho detto a Stefi. – Però sarebbe bello se ci fosse, così almeno ogni tanto ci guarderemmo tutti in faccia, a scuola.

– Hai qualcosa da annotare sul taccuino, allora.

Al termine dei canti, mi sono preparata a tornare in classe.

Ma il direttore ha fatto cenno a tutti di sedersi e si è messo a parlare del comportamento dei bambini.

Si è raccomandato che non corressero per il corridoio, che avessero cura della biblioteca della scuola e che lavorassero seriamente ai progetti che dovevano realizzare con i loro insegnanti.

Stefi traduceva velocemente, così ho potuto seguire tutto il discorso del direttore.

Poi ha preso la parola una maestra. Ha letto una storia e ha preso spunto dalla vicenda per parlare del rispetto per gli altri e della necessità di essere onesti con se stessi.

Infine il gruppo dei bambini più grandi ha presentato il lavoro che aveva realizzato in laboratorio. Era una specie di mulino a vento. Loro hanno spiegato dettagliatamente come lo avevano costruito, le difficoltà che avevano incontrato e come le avevano risolte. Hanno dato una dimostrazione pratica di come funzionava e si sono meritati un bell'applauso.

A quel punto i bambini hanno avuto il permesso di alzarsi e sono tornati nelle aule, accompagnati dai loro insegnanti.

– Credo che qui Davide soffrirebbe moltissimo – ho detto a Stefi.

– Chi è Davide?

– Un bambino che non riesce mai a star fermo.

– Se stesse qui, si adatterebbe.

– Non credo. Secondo me scapperebbe dalla scuola.

CALMA, RAGAZZI, CALMA

Durante l'intervallo, i bambini di Elisabeth si sono rovesciati in cortile e mi hanno attorniata facendomi mille domande.

Stefi è andata a prendere il tè con Elisabeth nella *staff room*, insieme agli altri insegnanti, e io sono rimasta sola. Richard giocava con i compagni della sua classe e non potevo contare nemmeno su di lui perché mi facesse da interprete.

«Forza, Valentina, fatti coraggio e buttati a parlare» mi sono detta.

Ma era più facile dirlo che farlo. Mi sembrava di aver dimenticato tutto l'inglese che avevo imparato e sono ammutolita.

– *How long will you be staying here?*
– *Would you like to play with me?*
– *Do you like our school?*
– *What's your dad's job?*

- *Can you give me your teacher's address?*

- *Are you having your meal at our school today?*

«Calma, ragazzi, calma» ho cercato di dire.

Ma era anche così bello sentirsi circondata da tanto interesse. Ho cercato di rispondere ad alcune delle loro domande, ripetendo spesso *I'm sorry, I don't know how to say this...*

Alla fine, in qualche modo, ci siamo capiti e mi hanno lasciata tranquilla. Emma, invece, mi è stata sempre vicina, mi ha presa sottobraccio e si è allontanata con me dagli altri, per raggiungere i prati a ridosso della scuola.

- *I've been looking forward to meeting you* - mi ha detto. E poi ha continuato a parlare come se ci conoscessimo da sempre, senza preoccuparsi che io capissi tutto quello che mi diceva.

Ma nemmeno io mi sono preoccupata di

interromperla e di farmi spiegare il significato di parole e frasi. Sicuramente mi stava parlando di sé e della sua felicità di avermi incontrata. I dettagli non erano importanti. Emma era come l'avevo immaginata ed ero felice di essere stata accolta da lei con tanto calore.

Se fossi vissuta non in Italia, ma in Inghilterra, probabilmente sarebbe stata lei la mia migliore amica.

A mezzogiorno le lezioni si sono interrotte e siamo andati a pranzare alla mensa della scuola.

Ero convinta che con me sarebbero venuti tutti gli alunni di Elisabeth. Invece mi hanno accompagnata solo in dieci, compresa Emma. Alcuni sono andati a mangiare a casa, altri avevano portato un cestino e hanno mangiato quello che le madri ci avevano messo dentro la mattina.

– Non tutti possono permettersi di pagare il costo della mensa – ci ha spiegato Elisabeth.

Stefi, Elisabeth e io abbiamo preso un vassoio ciascuna e siamo passate dalle cuoche perché mettessero nei vari scomparti carne e piselli, purea e tortini.

Poi siamo andate a sederci a un tavolo che era stato lasciato libero da un gruppo di bambini.

– *May I sit here with you?* – ha chiesto Emma alla maestra.

– *Please, do* – le ha risposto Elisabeth.

Emma si è seduta accanto a me e, mentre mangiava, continuava a fissarmi e a sorridere.

Alle tre e mezzo siamo tornate a casa di Elisabeth.

– Come te la sei cavata? – mi ha chiesto Richard.

– Così così.

– Scusa se non sono venuto ad aiutarti, ma dovevo stare con i miei compagni.

– È incredibile che ci sia una sola maestra a controllare tanti bambini durante l'intervallo.

– Fanno a turno. Quando l'intervallo è finito, si suona un fischietto e tutti rientrano in classe. Ti va di fare una corsa in bici? Puoi prendere quella di Anne-Marie. Lei oggi ha un corso di musica e non la usa.

Richard mi ha fatto conoscere i dintorni di Torpoint, mi ha fatto passare davanti a una caserma e a una chiesa e infine mi ha riportata a casa.

Alle cinque Elisabeth ha preparato tè e biscotti per tutti.

– C'è anche della marmellata – mi ha detto.

Io ho preso anche quella e l'ho spalmata su una fetta di pane nero molto buono.

OTTILIA È TRISTE

Ieri ho acquistato una carta telefonica. E stamattina, prima di andare a scuola con Elisabeth, ho telefonato a Ottilia. L'ho chiamata da una cabina telefonica rossa. A Torpoint ce ne sono ancora un paio e una è proprio di fronte alla casa di Elisabeth.

– Pronto? – ha risposto la madre di Ottilia.

– Buongiorno, signora. Mi passa Ottilia, per favore?

– Chi la vuole?

– Non mi ha riconosciuta? Sono Valentina.

– Te la passo subito.

Ho sentito i passi veloci di Ottilia e poi la sua voce un po' assonnata ha detto: – Ciao, viaggiatrice, come stai?

– Dovrei essere più addormentata di te. Qui sono solo le sette. Sai, il fuso orario...

– Di sicuro sei più riposata di me. Non vai a scuola, non studi e chissà come ti stai divertendo.

– Non immagini quante cose mi stanno succedendo. E quante me ne succederanno nei prossimi giorni.

– Beata te. Qui non succede niente di

nuovo. L'unica novità è che Rinaldo si è preso la varicella e mancherà da scuola per alcuni giorni. Un po' di pace, finalmente. Com'è la Cornovaglia?

– Verde, piovosa e bella. Ma domani le previsioni dicono che non dovrebbe piovere. Perciò potremo goderci lo spettacolo dell'eclisse solare. Dicono che da queste parti sarà totale e che a mezzogiorno sarà completamente buio.

– Hai conosciuto Emma?

– Sì, e domani o dopodomani andrò a casa sua.

– Valentina, vorrei che le esperienze più belle le facessimo insieme.

– Chissà quante ce ne saranno, Ottilia. Sono certa che un giorno tornerò insieme a te da queste parti.

Ottilia ha sospirato: – Forse dovremo aspettare che io sia maggiorenne. A mia madre non piace che faccia viaggi lunghi. Ha paura degli incidenti e teme che qualcuno mi rapisca. Ma è solo una scusa. Lei ha paura di tutto.

– Quando torno, bisogna che le parli.

– Brava, prova tu a convincerla che non devo crescere come un animaletto prigioniero tra le pareti di casa.

– Dai, Ottilia, non voglio che tu sia triste.

– Se vuoi saperlo, sento molto la tua mancanza. Adesso che non ci sei, mi sembra di non avere nessuno con cui valga la pena parlare.

– Allora ti telefono di nuovo domani sera, per raccontarti com'è andata l'eclisse.

– Qui si dice che ci sarà una pioggia di disgrazie.

– Salutami il maestro.

– Quando torni?

– Lunedì o martedì prossimo. Sarò stanchissima, ma verrò subito a scuola. Ciao, Ottilia.

– Ciao, Valentina. E attenta all'eclisse.

FARE LA MAESTRA

– Perché non insegni un po' di italiano ai miei alunni? – mi ha chiesto Elisabeth.

La sua proposta mi ha molto stuzzicata. E così, per quasi un'ora, ho scritto alla lavagna delle frasi in italiano, e i bambini si sono sforzati di ripeterle con me.

La cosa mi sembrava un po' divertente, un po' imbarazzante. Ma poi ci ho preso gusto a fare la maestra, e alla fine ho deciso di insegnare ai bambini di Elisabeth anche delle canzoncine italiane.

– Molto bene, Valentina. Riprenderemo le lezioni domani – mi ha detto Elisabeth. E ha permesso ai suoi alunni di uscire in cortile.

– *Do you feel like coming to my house?* – mi ha chiesto Emma, mentre osservavo l'orticello che coltivano dietro la loro aula. Richard era con noi e ha tradotto subito: – Ti ha chiesto se hai voglia di andare a casa sua.

– Volentieri. Quando?

– *After school. At about five in the afternoon.*

– Dopo la scuola, verso le cinque – ha tradotto Richard.

– Per me va bene.

– Ti accompagno io – ha detto Richard. – So dove abita.

Emma mi ha presa per mano e mi ha descritto punto per punto l'orto del quale si occupa con i suoi compagni di classe. Coltivano patate e carote.

– E cosa ne fate dei prodotti che ricavate? Li vendete?

Richard ha tradotto e Emma ha risposto:

– *We eat them ourselves.*

– Non tradurre, ho capito. Se li mangiano loro – ho detto a Richard.

Emma ha estratto dal terreno una patata e me l'ha messa in mano.

Ho subito pensato di portarla in Italia e

di mostrarla a Zep, il custode della nostra scuola.

«Zep, una patata della Cornovaglia» gli avrei detto.

«Ma va'» avrebbe detto lui.

Zep dice sempre: «Ma va'». Tanto che se uno sta spesso ad ascoltarlo, finisce col dire anche lui: «Ma va'».

– *Thank you, Emma* – ho detto. E ho stretto la patata in una mano come se fosse una pepita d'oro.

A CASA DI EMMA

– Mi dispiace di non poter restare e farti da interprete, ma ho un appuntamento con i miei amici – mi ha detto Richard lasciandomi davanti alla casa di Emma.

– Me la caverò da sola.

– *Hello, Valentina. Please, come in* – mi ha detto Emma affacciandosi sull'uscio che dava sulla strada.

Prima ho stretto una mano alla madre di Emma, poi Emma mi ha guidata nella sua camera.

Appena entrata, sono rimasta letteralmente a bocca aperta. La camera era grande e in ogni angolo c'era qualche animale.

C'era una gabbia con due cocorite, una vaschetta nella quale nuotava una piccola tartaruga, una boccia con tre pesci rossi, una gabbietta con un criceto che si affannava a far girare una ruota, e un gatto siamese che sonnecchiava in una cesta.

Mi sono chiesta come facesse a starsene così tranquillo con tante prede a portata di zampa.

Emma ha intuito la domanda che mi stavo facendo, e ha detto: – *Tom is a very nice cat. Do you like my pets?*

Se mi piacevano i suoi animali? Certo che mi piacevano. Però mi sembravano tanti e non capivo come riuscisse a occuparsi di tutti.

– *My mother helps me a lot.*

La madre... cosa fa la madre? Ah, sì, l'aiuta molto.

– Ho capito, ho capito – mi sono affrettata a rispondere.

Emma mi ha mostrato la sua libreria e mi ha indicato i libri che le piacciono di più. Poi, da un cassetto della sua scrivania, ha preso due delle lettere che le ho scritto dall'Italia e mi ha detto che le piaceva la mia calligrafia.

A dire il vero, io ho una pessima grafia. Ma quando scrivevo a Emma, mi sforzavo di arrotondare bene le lettere.

«Ricordate che per loro l'italiano è una lingua nuova» ci ripeteva Jill. «Perciò scrivete con chiarezza.»

Ho preso le lettere dalle mani di Emma, e le ho guardate come se non fossero le mie. Mi sembravano vecchie di secoli, ed ero stupita di vederle conservate insieme a tante altre cose che appartenevano a Emma.

– Posso accarezzare il tuo gatto? – le ho chiesto.

Emma ha preso Tom e me lo ha messo in braccio. Pensavo che il gatto avrebbe fatto un salto e sarebbe andato a nascondersi sotto il letto. Invece ha solo aperto un poco gli occhi. Poi li ha richiusi e ha continuato a ronfare col muso infilato sotto la mia ascella.

– *He's very nice, I told you.*

Allora ho pensato ad Alice. Ero certa che mio padre, mia madre e mio fratello si stavano tutti e tre occupando di lei. Ma mi piaceva pensare che Alice avesse nostalgia delle mie carezze, del mio odore e dei discorsi che le faccio prima di andare a letto.

– *I've got a cat too.* Anch'io ho una gatta – ho detto a Emma. – *And she is very nice too.*

Ma non ero sicura che Alice se ne sarebbe stata tra le braccia di Emma, come Tom se ne stava tra le mie. Tom doveva essere nato in casa. E non aveva imparato ad aver paura degli esseri umani e della vita. Alice, invece, aveva conosciuto la violenza, la fame e la paura. Perciò non si fidava subito degli sconosciuti.

La madre di Emma mi ha offerto il tè e un pezzo di torta. Poi Emma mi ha chiesto:
– *Shall we go for a walk?*

Sì, avevo proprio voglia di uscire a fare una passeggiata.

Ci siamo messe a girare per le strade solitarie di Torpoint, poi siamo arrivate a un prato dove c'erano delle altalene abbandonate. Dapprima ho spinto io Emma, poi lei ha spinto me.

Mentre mi riaccompagnava a casa di Elisabeth, Emma mi ha chiesto: – *Have you got a father?*

Se avevo un padre? Eccome se lo avevo. Perché mi aveva fatto quella domanda?

– *My father lives in another town. I miss him.*

Il volto di Emma si è oscurato e io le ho stretto una mano.

Davanti alla casa di Elisabeth, Emma mi ha abbracciata e mi ha detto: – *See you tomorrow.*

– Ciao, a domani.

Quando sono entrata in casa, ero triste anch'io.

COME HAI DETTO?

Dopo cena ho chiamato Tazio.

– Pronto?

– Ciao, Valentina.

– Ah, mi hai riconosciuta!

– Hai una voce inconfondibile. Come va? Ti stai divertendo?

– Come mai tutti mi chiedono se me la sto spassando?

– È normale, no?

– Finora mi sto riempiendo gli occhi di cose nuove.

– Le stai annotando sul taccuino che ti ho regalato?

– Sì, ma un po' velocemente, perché non ho molto tempo a mia disposizione. Più che altro ascolto gli altri parlare. Sto imparando un bel po' di inglese. E tu che fai?

– Le solite cose.

– Vuoi dire che ti annoi?

– Io cerco di non annoiarmi mai.

– E come fai?

– Appena esco da scuola, passo una mezz'ora davanti al computer e poi vado a correre in bici al parco Sempione.

– Ci andiamo insieme qualche volta, quando torno?

– Sì. Ho una nuova bici e voglio fartela provare.

– Sei molto gentile.

– Con te mi piace esserlo, lo sai.

– Vuoi dire che in questi giorni mi stai pensando un poco?

– Un poco? Ti sto pensando tantissimo. E tu?

– Anch'io ti penso. Altrimenti non ti avrei telefonato, no? Adesso cosa stai facendo?

– Sto parlando con te, ma fino a poco fa stavo giocando a carte con mia nonna.

– Con tua nonna?

– I miei sono andati a Oslo per qualche giorno e mia nonna si è trasferita a casa mia.

– E scommetto che è seccata di farti da babysitter.

– Ti sbagli. Mia nonna stravede per me, e sarebbe contenta se mi trasferissi da lei.

– A quanto pare tu sei uno al quale tutti vogliono bene.

– Anche tu?

Prima di rispondere, ho contato nella mia testa fino a cinque. Poi ho detto: – Anch'io. Sta per esaurirsi la carta telefonica. Continuerò a parlare finché ci sono degli scatti.

– *Valentina, lo sai che mi piaci molto?*

– Valentina, lo sai che mi piaci molto?

– Non ho capito cosa hai detto. Puoi ripetere?

– Ho detto che mi piaci molto.

– Ci sono delle interferenze. Puoi parlare più forte?

– VALENTINA, MI PIACI MOLTO!

– Non ho capito le ultime due parole.

– VALENTINA...

A quel punto la linea è caduta e la carta è stata risputata fuori.

Be', ero riuscita a fargli ripetere la frase quasi quattro volte, ed ero soddisfatta.

Quando sono andata a coricarmi, la sentivo ancora echeggiare nella testa, e sottovoce ho mormorato: – Anche tu mi piaci molto, Tazio.

Stefi però mi ha sentita e mi ha chiesto:
– Hai detto qualcosa?

– Stavo pensando ad alta voce.

– Buona notte, Valentina. Domani ci sarà l'eclisse e vivrai un'esperienza indimenticabile.

ATTENTI AL CIELO

Il momento culminante dell'eclisse sarebbe stato a mezzogiorno. Ma già dalla mattina gli alunni di Elisabeth erano in agitazione.

Qualcuno era venuto a scuola con un paio di occhialini scuri, qualcuno era arrivato con dei pezzi di vetro affumicato.

Ma Stefi mi ha detto: – Finché il sole non sarà completamente coperto dalla luna, sarà meglio non guardarlo né col vetro affumicato, né con gli occhialini scuri. Si rischia la cecità.

Anche Elisabeth ha raccomandato ai suoi alunni di starsene buoni. Avrebbe deciso lei quando era ora di uscire sul prato, per osservare in tutta tranquillità il fenomeno.

– È vero che l'eclisse provocherà terremoti e inondazioni? – ho chiesto a Stefi verso metà mattina.

– Non credo che ci sia una relazione tra queste cose. Hai paura, Valentina?

– Per niente. Sono solo curiosa. E non vedo l'ora che a mezzogiorno diventi buio. Forse non mi capiterà un'altra volta nella vita e voglio raccontarlo ai miei figli e ai miei nipoti, un giorno. Ammesso che mi sposi, si capisce.

Ogni tanto guardavo fuori dalla finestra. Il cielo era azzurro e non c'era uno straccio di nuvola all'orizzonte.

Verso le undici, la luce all'esterno della scuola ha cominciato a impallidire. E nell'aula di Elisabeth i bambini hanno smesso di disegnare e di scrivere.

– Ci siamo – ha mormorato Stefi.

I bambini hanno cercato di correre verso le finestre con i loro occhiali e i loro cocci di vetro. Elisabeth però li ha fermati dicendo: – *Not now*.

I bambini sono tornati a sedersi. E anch'io mi sono sforzata di stare al mio posto. Nell'aula, però, si stava diffondendo una strana calma. La luce del sole sbiadiva a poco a poco e fuori stava calando un grande silenzio. Non si muovevano più le foglie degli alberi e gli uccelli sembravano scomparsi.

– Stefi, cosa facciamo? – ho mormorato.

– Niente, Valentina. Aspettiamo.

A mano a mano che passavano i minuti, la luce si attenuava come se qualcuno stesse incappucciando il sole un poco alla volta.

A un certo punto, Emma ha cominciato a piangere. Piangeva in silenzio, con il volto stretto fra le mani.

Allora mi sono alzata e sono andata a sedermi accanto a lei.

Il buio cominciava a entrare nell'aula come un velo grigio. E quando sul prato della scuola è stata quasi notte, a un cenno di Elisabeth siamo usciti silenziosamente dall'aula.

Io ho stretto la mano a Emma e lei mi ha seguita come una bambina piccola.

Sulle nostre teste, il sole era completamente coperto dalla luna, e il suo contorno era di un giallo fiammeggiante. Intorno a noi il buio era assoluto, e per un attimo ho avuto paura che dalle tenebre irrompesse in mezzo a noi un mostro feroce. Allora ho abbracciato Emma e mi sono lasciata abbracciare da lei.

Quasi subito Elisabeth ci ha imposto di rientrare.

Quello che doveva succedere ormai era successo. Il sole avrebbe riscaldato di nuovo la terra e le cose avrebbero ripreso il loro aspetto naturale.

– Tutto a posto, Valentina?
– Tutto a posto, Stefi.

Ma non era del tutto vero. Quest'anno, ho pensato, in cielo stanno succedendo troppe cose. Prima la cometa, adesso l'eclisse. Cos'altro dovevo aspettarmi?

Mai avevo guardato il cielo con tanta intensità e tanta passione.

Perciò, prima di andare a letto, mi sono

affacciata alla finestra e ho guardato a lungo il tappeto di stelle che vegliavano sulle case e sul sonno della gente.

SALVATAGGIO SUL COASTAL PATH

Stamattina Stefi mi ha detto:
– Che ne dici di una bella passeggiata lungo la costa?

– Ci sto – le ho risposto. E ho aggiunto: – Perché non portiamo con noi anche Paddy?

– È una bella idea – ha detto Elisabeth. – Così passerà anche lui una giornata diversa.

Paddy si è molto affezionato a me, ma Stefi ha detto: – Solo se gli mettiamo il guinzaglio. Non vorrei che ci sfuggisse.

– Paddy è un bravo cane – ha detto Elisabeth accarezzando la testa del cane.

E così, verso le dieci, ci siamo avviati in tre.

– Kingsand e Cawsand sono due villaggi attaccati l'uno all'altro e si affacciano sul mare in una bella cala. È lì che siamo diretti – mi ha spiegato Stefi.

Paddy si è lasciato mettere il guinzaglio e io l'ho tenuto ben stretto. Ma non tirava mai troppo, e la passeggiata è stata tranquilla.

Il sentiero ora saliva, ora scendeva. E in certi punti costeggiava dall'alto piccole insenature e promontori scogliosi, contro i quali l'acqua si scagliava con sferzate di schiuma.

In certi momenti, a guardare giù mi girava la testa. Un volo da quell'altezza, e sarebbe stata la fine.

– Attenta a dove metti i piedi, Valentina – mi ammoniva Stefi ogni tanto.

Ma io, anziché guardare davanti a me, mi lasciavo distrarre dal mare che rumoreggiava in basso alla mia sinistra, e dai prati in pendio alla mia destra.

Ed è stato in uno di quei momenti che ho

messo un piede in fallo, ho lanciato un grido e ho vacillato lasciando andare il guinzaglio di Paddy.

Paddy, però, mi ha stretto una caviglia tra i denti e mi ha impedito di rotolare in basso.

– Valentina! – ha gridato Stefi, quando mi ha vista allungata per terra, con le mani strette a una pianta di ginestra e la caviglia serrata tra i denti di Paddy.

Stefi si è inginocchiata e mi ha afferrata sotto le ascelle. Solo a quel punto Paddy ha mollato la caviglia. Ma ha continuato a brontolare.

Stefi mi ha adagiata sull'erba. Era pallida, ma non quanto me. Se prima la paura di precipitare mi aveva tolto la voce, adesso il dolore alla caviglia e i graffi alle mani mi hanno fatto scoppiare a piangere.

– Oh, mio Dio, come è successo? – mi ha chiesto Stefi.

– Non lo so... Devo essermi distratta... e, a un certo punto, ho sentito il vuoto sotto un piede... Se non mi avesse trattenuto Paddy...

– Fammi dare un'occhiata – ha detto Stefi.

Ha arrotolato piano la gamba sinistra dei jeans e ha tirato giù il calzino.

– Ti ha addentata proprio bene.

– Lo ha fatto per non farmi precipitare.

– Ma ti ha lasciato dei segni profondi. Non credo che potrai tornare a piedi a casa di Elisabeth.

– Come facciamo?

– Siamo a un paio di centinaia di metri da Kingsand. Reggiti a me. Appena in piazza, facciamo arrivare un taxi.

Stefi mi ha aiutata a rialzarmi, ha recuperato il guinzaglio di Paddy e ci siamo diretti passo passo verso il villaggio di Kingsand. Paddy continuava a mugolare, e, mentre aspettavamo il taxi, l'ho accarezzato a lungo.

– Buono, Paddy, buono – gli ho detto.
– Non mi hai fatto poi tanto male. Sei stato così veloce ad afferrarmi! Quando arrivia-

mo a casa di Elisabeth ti farò una foto, voglio ricordarti per sempre.

A casa di Elisabeth Stefi mi ha medicata e voleva che andassi subito a letto.

– Mi basterà allungare la gamba sul divano e starò benissimo – ho detto.

Paddy si è accucciato accanto a me e io ho continuato ad accarezzargli la testa.

TEACHER, TEACHER, I DECLARE...

I bambini di Elisabeth conoscono anche loro, ovviamente, molte *nursery rhymes*. E alcune le hanno recitate in mio onore stamattina.

– È meglio che oggi resti a casa di Elisabeth – mi aveva detto Stefi.

Ma il male alla caviglia era quasi scomparso e ho voluto andare a scuola.

– Abbiamo solo pochi giorni – ho detto.
– E voglio sfruttarli tutti.

A scuola, gli alunni di Elisabeth hanno trascritto le *nursery rhymes* una per foglio, e le hanno illustrate.

– Conosci questa? Conosci questa? – mi chiedevano prima di recitarle.

Parecchie le conoscevo. Altre no, perché le avevano modificate.

Chris, per esempio, me ne ha regalata una che lui e i suoi compagni mi hanno fatto leggere più volte, sperando che mi mettessi a ridere insieme a loro.

All'inizio non capivo bene che cosa ci fosse da ridere. Ma quando Stefi l'ha letta a sua volta, mi ha detto: – Per forza ridono. In questa filastrocca si parla delle mutande della maestra. Si dice che sono vera dinamite e che alla fine esplodono.

Teacher, teacher, I declare,
I can see your underwear,

Is it black or is it white?
Oh, my gosh, it's dynamite!
Five, four, three, two, one, PUM!

Non avrei mai creduto che gli alunni di Elisabeth si sarebbero inventati una poesia del genere. Ma Elisabeth, alla quale l'ho mostrata prima di cena, dopo averla letta ha annuito e ha detto: – È una poesia che circola tra i bambini da alcune settimane. Mi sembra carina.

– La porterò in Italia e la farò conoscere ai miei compagni – ho detto.

– Bene. Ma di' loro che non è della mia biancheria che si parla in questi versi.

Elisabeth è scoppiata a ridere e io le ho chiesto: – Verrai a trovarci in Italia, prima o poi?

– Lo farò appena mio marito torna a casa.

A quelle parole, Richard le ha chiesto: – Mi porti con te, *mum?*

STEFI
RACCONTA...

Ieri pomeriggio pioveva a dirotto e siamo rimasti a casa.

– Peccato – ha detto Stefi. – Volevo fare un salto a Plymouth per mostrarti il porto e la parte vecchia della città.

– Possiamo andarci domani – le ho risposto io.

Elisabeth si è seduta insieme a noi nella veranda, e poco dopo sono arrivati Richard e Anne-Marie. Per un po' siamo stati zitti a guardare e ad ascoltare la pioggia. Poi ci siamo messi a sgranocchiare biscotti e a bere tè.

– A parte l'incidente alla tua caviglia, mi pare che stia andando tutto bene – mi ha detto Stefi.

– Sta andando a meraviglia – ho confermato.

– La Cornovaglia è una terra di leggende –

mi ha detto Elisabeth. – Sapessi quante se ne scrivono e se ne raccontano.

Stefi ha annuito e ha detto: – Qualche anno fa ne ho tradotte alcune per conto mio. Ce n'è una, in particolare, che ricordo bene e che conosco quasi a memoria. Ti va di ascoltarla?

– Sì, certo.

Nella veranda era quasi buio, ma abbiamo deciso di non accendere la luce. Io mi sono acciambellata nella poltrona e mi sono preparata ad ascoltare, come quando legge il mio maestro.

Il Changeling, ovvero il bambino scambiato

Un pomeriggio di molto tempo fa, una donna chiamata Jenny Traver allattava il suo piccolo. Quando il bambino fu sazio, Jenny lo staccò dal seno, lo ninnò tra le braccia e infine lo depose addormentato nella culla vicino al focolare. Poi coprì il fuoco con la cenere, vi incrociò davanti un forcone e l'attizzatoio per tenere lontano il malocchio, e uscì di casa. Doveva recarsi nella proprietà del signorotto locale, per completare insieme ad altri la raccolta del grano. La mietitura dell'ultimo grano rimasto si festeggiava con un rito speciale.

Mentre legavano l'ultimo fascio, gli uomini e le donne addetti alla raccolta si divisero in tre gruppi. Il primo, per tre volte, gridò più forte che poteva: – Lo abbiamo, lo abbiamo, lo abbiamo!

Il secondo, altrettanto forte, chiese: – Che cosa avete, che cosa avete, che cosa avete?

E il terzo, sempre urlando, rispose: – L'ultimo fascio di grano, l'ultimo fascio di grano, l'ultimo fascio di grano!

Allora tutti insieme, lanciando in alto i cappelli, gridarono: – Hip! Hip! Hip! Urrà!

Jenny, che pensava al bambino lasciato da solo, non volle fermarsi alla festa che di lì a poco sarebbe seguita. Così si affrettò a tornare dal figlio.

Quando aprì la porta, alla luce della luna vide che la culla era rovesciata, paglia e stracci erano sparsi in giro e del bambino non c'era nessuna traccia. Jenny si mosse a tentoni nel buio e, siccome sotto la cenere non c'era più brace, accese l'acciarino e perlustrò tutta la casa. Infine si fermò davanti al mucchio di legna: e lì, tra zolle di muschio, felci e rami di ginestrone, vide il bambino profondamente addormentato. Lo tirò su e lo portò con sé a letto.

Il mattino dopo, alla luce del sole, si accorse subito che nel bambino c'era qualcosa che non andava. C'era in lui un che di strano, ma Jenny non riusciva a capire di che si trattava. Era, per cominciare, di una vivacità insolita, e non aveva pace se non poppava. E guai se non la vinceva lui: mugghiava come un toro e non si lasciava strappare dalle braccia della madre.

La povera donna non aveva più tempo per accudire alla casa, ed era sfinita da quel marmocchio che era sempre affamato. E tuttavia, benché poppasse con tanta avidità, si riduceva pelle e ossa giorno dopo giorno. Così passò l'inverno.

Molte delle vicine scuotevano la testa. Infine dissero a Jenny che, secondo loro, il popolo dei folletti del sottosuolo doveva averle giocato un brutto scherzo quel pomeriggio che lei s'era recata a mietere l'ultimo grano.

– Non ti resta altro da fare che immergere il bambino nella fonte vicina alla chiesa, appena arriva maggio.

E Jenny così fece. Il primo mercoledì di maggio si mise il bambino in spalla e lo portò alla sorgente vicino alla chiesa. Ve lo immerse tre volte, con un movimento da occidente a oriente, e infine gli espose il viso al sole.

Se l'immersione avesse funzionato o no, Jenny non avrebbe saputo dirlo. Sta di fatto che il mercoledì successivo quel monellaccio si mostrò impaziente di rifare la gita e di godersi la camminata su per la collina e attraverso la brughiera. Arrivati alla sorgente, Jenny lo tuffò nell'acqua una seconda volta.

Il terzo mercoledì pioveva forte. E tuttavia, per non rovinare quella sorta di rito magico, Jenny prese il piccolo e se lo mise in spalla, mentre lui le afferrava i capelli per reggersi meglio nella traversata faticosa della brughiera contro la pioggia e il vento.

Erano già prossimi alla chiesa, quando Jenny udì la voce stridula di qualcuno che gridava a squarciagola:

«Tredrill! Tredrill!
Tua moglie e i tuoi figli ti salutano!».

Jenny udì le parole, ma non vide chi le urlava. Allora si fermò per dare un'occhiata intorno, quando il bimbo che portava in spalla si mise a gridare con una voce altrettanto forte:

«Che m'importa di mia moglie e dei figli,

*dato che vado a cavallo di costei
fino alla fonte laggiù a bagnarmi
e mangio e mangio a volontà?».*

Spaventata nel sentire quel bimbo parlare di sua moglie e dei figli, la poverina lo scaraventò a terra. Ma poi si fece coraggio, se lo rimise in spalla e cominciò a correre, finché arrivò al paese. Lì si sbarazzò di lui, gettandolo su un mucchio di immondizia. Le donne uscirono dalle case per vedere cosa succedeva. Jenny raccontò loro ciò che aveva sentito nella brughiera.

– Dunque avevo ragione – esclamò una delle donne – quando ti dissi che stavi allevando uno dei figli del popolo magico sin dal momento in cui ti recasti a mietere il grano, e che il tuo ti era stato rubato.

– Ma certo – disse un'altra. – S'è mai visto un bimbo che gli somigli, con i suoi occhi strabici, la bocca storta e il naso a becco?

– E ora, Jenny, – disse infine la più anziana – puoi sbarazzarti di questo essere mostruoso e riavere tuo figlio. Devi deporre costui su un mucchio di cenere e batterlo con una scopa. Poi devi portarlo, nudo, davanti alla porta di una chiesa. Quanto a te, devi tenerti lontana dalla portata delle sue grida fino al calar della notte. Nove volte su dieci c'è da star sicuri che verranno a riprenderselo e che al suo posto metteranno tuo figlio.

Le donne decisero di provare con questo sistema.

Ma avevano appena cominciato la loro opera, che quello diede un ruggito così forte da farlo arrivare alle orecchie della moglie del signorotto. Costei scese in fretta dal suo palazzo e raggiunse il punto dov'erano radunate le donne. Quindi volle sapere che cosa stava succedendo.

– Mia signora, – disse Jenny – la cosa che è lì per terra mi fu lasciata in casa il giorno in cui il mio povero bambino fu portato via dai folletti. Accadde proprio quel pomeriggio che io venni alla vostra proprietà a mietere l'ultimo grano. Tutti i miei vicini conoscono i guai che da quel momento in poi mi sono piovuti addosso.

Poi continuò dicendo come si era spaventata mentre si recava alla sorgente, e come costui all'improvviso si fosse espresso con chiare parole, mentre in precedenza aveva emesso soltanto grugniti animaleschi.

La moglie del signorotto sollevò la creatura dal mucchio di cenere e disse a Jenny:
– Forse stavi sognando a occhi aperti, quando sei passata per la collina e hai sentito quelle voci. Questo bambino è tuo figlio. Adesso riportalo a casa, lavalo, dagli da mangiare. E se non riesci a crescerlo sano e robusto, manda a chiamare il dottor Modron.

Dapprima Jenny e le altre donne si rifiutarono di seguire il suo consiglio. Ma la signora alla fine si spazientì e disse a Jenny:
– Manderò mio marito a parlarti. Può darsi

che lui riesca a convincerti dell'errore che commetti.

Il signorotto e sua moglie erano quaccheri. Appartenevano, cioè, a una setta a quei tempi poco conosciuta in quella zona. E le donne del paese pensavano che non capissero nulla circa le innumerevoli creature che popolavano il mondo sotterraneo. Creature che frequentavano le brughiere, rendendosi visibili o sparendo a loro piacimento.

Tuttavia il signorotto e sua moglie erano i maggiori proprietari della zona e le donne erano alle loro dipendenze. Sicché, per quanto fossero quaccheri, riservati nel parlare e schivi nei modi, dovevano rispettarli. La loro volontà era legge per tutti quelli che risiedevano nella loro proprietà, a meno che non si fosse tanto astuti da giocarli.

Il signorotto scese a sua volta dal palazzo, ma vide che Jenny, il marmocchio e le donne si erano ritirati in una delle case del paese, dove discutevano ad alta voce. Allora riten-

ne di non avere niente da dire e diede appena una sbirciata alle loro segrete manovre.

Le donne, però, erano decise a spuntarla. Così attesero finché fu buio fitto, poi fecero uscire Jenny con il piccolo e una donna esperta in pratiche magiche. Quando le due donne giunsero alla porta della chiesa, deposero il loro fardello e tagliarono per i campi.

Jenny tornò a casa e vi rimase fino al mattino dopo. Cadde in un sonno profondo. Si svegliò dopo le prime luci dell'alba. Allora uscì di casa e corse, combattuta tra la paura e la speranza, alla volta della chiesa. E, in effetti, davanti all'ingresso, c'era il suo bambino, addormentato sopra un giaciglio di paglia asciutta e fresca. Il bambino era lindo e pulito da capo a piedi, come se fosse stato accuratamente lavato, ed era avvolto in un antico tessuto di cotone a fiori: proprio di quelli che la gente del sottosuolo più brama possedere, e che spesso ruba dai cespugli dove sono messi ad asciugare al sole.

Jenny si prese cura con amore del piccolo che le era stato restituito. Ma c'era sempre qualcosa di enigmatico in lui, come del resto è inevitabile in chi si è trovato nelle mani delle fate, sia pure per pochi giorni.

Era sempre malaticcio, si lamentava in continuazione. La moglie del signorotto veniva spesso a trovarlo e gli portava cibi che la madre non avrebbe potuto comprargli. Poi, quando ebbe nove anni, il signorotto lo prese al suo servizio.

Ma era così sprovveduto che non si poteva affidargli alcun lavoro nei campi. Infatti, bastava che il minimo capriccio lo cogliesse perché abbandonasse il suo lavoro e si mettesse a vagabondare nella brughiera per giorni e giorni.

Tuttavia, la gente notò che se la cavava bene nell'allevare mucche e pecore. Era così attento al gregge del suo padrone, che al tempo in cui le pecore figliavano, raramente qualcuna si smarriva. I vicini gli regalavano volentieri gli agnelli più deboli. E lui li allevava con tanta cura, che nel giro di pochi anni arrivò a possedere un bel gregge tutto suo. Il padrone gli consentiva di portarli al pascolo sul suo territorio.

Quando raggiunse la maggiore età, andò però soggetto a convulsioni e dovette restare a casa con sua madre per la maggior parte del tempo. Una volta passati gli accessi, niente poteva trattenerlo dal riprendere i suoi vagabondaggi in compagnia delle sue pecore, delle sue capre e persino dei suoi vitelli. Spesso parlava da solo, e molti erano convinti che in realtà conversasse con le fate, che lo invogliavano a percorrere colli e brughiere.

Quando raggiunse i trent'anni, per parecchi giorni non si ebbero notizie di lui. Ci si accorse, però, che il suo gregge si tratteneva più del solito nello stesso posto. E fu proprio lì che, circondato dalle sue pecore, lo trovarono un giorno. Stava disteso su un mucchio di giunchi. Con le braccia sotto la testa, sembrava placidamente addormentato. Ma il poveretto era morto.

Quando Stefi finì di raccontare, la stanza era completamente al buio. La pioggia aveva smesso di cadere e siamo rimasti a lungo in silenzio.

Infine Elisabeth disse: – Preparo la cena.

– Vengo ad aiutarti – rispose Stefi.

Io continuai a pensare al bambino scambiato, ed ero sicura che avrei sognato Jenny Traver e il piccolo addormentato nella culla vicino al focolare.

DARTMOOR, PRINCETOWN, LA VITA IN PRIGIONE

– Dartmoor. Ti dice niente questa parola? – mi ha chiesto Stefi ieri sera.

– No.

– Meglio così. Sarà una sorpresa. Dartmoor è una regione molto bella del Devon.

Qua e là brulla, selvaggia, desolata, ma proprio per questo affascinante. Ti va l'idea di andare a darle un'occhiata?

– Con te andrei dappertutto, Stefi.

– Bene, allora. Ti farò da guida proprio domani. Partiremo presto e prenderemo il *ferry* delle sette. Poi noleggeremo un'auto e in un'ora conto di essere sul posto.

– Come ti invidio, Stefi.

– Perché?

– Perché prendi delle decisioni e subito le attui. Chissà se sarò come te, un giorno.

– Io ho imparato a poco a poco, Valentina.

– Ed è difficile?

– No, se credi in quello che fai.

Alle sette e mezza Stefi è entrata in una piccola utilitaria e io mi sono seduta accanto a lei.

– C'è qualcosa che non va in quest'auto – ho detto.

– Che cosa?

– Il volante, per esempio. Non credo che sia al posto giusto.

– Invece è proprio dove deve essere. Non hai notato dov'era quello del taxi?

– No, ero troppo emozionata per badarci.

– Valentina, non sai che in Gran Bretagna si guida a sinistra? Ecco perché il volante è alla tua destra.

– Ah, già, che stupida.

– Chiarito che il volante è a posto, possiamo partire?

– Partiamo.

E per quasi un'ora abbiamo seguito un tragitto in salita costeggiando prati, boschi e torrenti.

– Bello... bello... bello – continuavo a dire a Stefi.

E mi veniva voglia di scendere dall'auto e di mettermi a correre. Stefi sorrideva e annuiva soddisfatta.

– Voglio portarti a Princetown, davanti alla prigione di Dartmoor.

– Perché?

– Perché è famosa.

– Non è che mi piacciano molto le prigioni.

– Bello… bello… bello – continuavo a dire.

– Ma questa ha una storia particolare. Gli inglesi dicono che dalle sue mura non è mai fuggito nessuno.

A mano a mano che ci avvicinavamo a Princetown, ho pensato che un prigioniero in fuga non avrebbe saputo dove andare. Oppure avrebbe dovuto avere buone gambe. O dei complici che lo aspettassero in auto.

La regione, infatti, era davvero brulla e desolata come mi aveva annunciato Stefi. Inoltre, anche se c'era il sole, faceva molto freddo.

– Sta cambiando il tempo – ho detto.

– Qui cambia spesso. Anche più volte al giorno. Perciò, prima di andare a fare un'escursione, è bene provvedersi di giacche a vento, di impermeabili e di ombrello.

– Oltre che di telefonino, naturalmente – ho detto ridendo.

Quando ci siamo fermate nella piazza di Princetown, Stefi mi ha chiesto: – Hai freddo?

– Un po'.

– Allora forse è meglio che indossi la tua giacca a vento.

Il cielo si stava annuvolando rapidamente ed era impressionante vedere le nuvole correre e congiungersi come se fossero brandelli di una coperta immensa.

– Vieni, la prigione è da quella parte – mi ha detto Stefi prendendomi una mano.

Mi piaceva essere presa per mano da Stefi. Ed era bello vivere insieme a lei delle esperienze che altrimenti non avrei mai fatto.

– Grazie, Stefi – le ho detto.

– E di che?

– Di tutto.

– Ecco, ci siamo.

Le mura della prigione erano alte e massicce e a me sono venuti i brividi a pensare ai detenuti sepolti nelle loro celle per chissà quanti anni.

– È terribile! – ho esclamato.

– Cosa? – mi ha chiesto Stefi.

– Essere privati della libertà, non poter andare dove si vuole, vedere sempre lo stesso pezzo di cielo.

– Le persone incarcerate in questa prigione lavorano e producono oggetti artigianali che poi vengono venduti.

Ma questa informazione non mi è sembrata molto consolante. Quali uomini erano rinchiusi nelle celle dietro le mura? Ladri, rapitori, assassini? E se c'erano delle persone innocenti?

Questa eventualità mi ha sconvolta. Innocente e in carcere. Non ci potevo credere. Eppure so che qualche volta succede.

– Che ne dici di una foto di te con le spalle alla prigione? – mi ha chiesto Stefi.

– Non mi sembra divertente, Stefi.

– È solo per portarsi dietro un'immagine. La memoria certe volte non basta.

– D'accordo.

Mi sono messa davanti all'ingresso della

prigione e Stefi mi ha fotografata. Naturalmente sono rimasta seria, e Stefi mi ha detto: – Non è una foto allegra. Ma non voleva esserlo. E adesso andiamocene. Ho visto una guardia che ci osservava con sospetto. Magari pensa che stiamo organizzando la fuga di un nostro amico in cella. Vieni, andiamo a bere qualcosa di caldo.

Quando mi sono trovata all'interno di un locale accogliente, davanti a un bicchiere di tè e a una fetta di crostata, mi sono sentita meglio. Il cielo si era improvvisamente schiarito e il sole era tornato a riscaldare e a colorare Dartmoor.

– Hai visto? – mi ha fatto notare Stefi.
– Magari tra un'ora piove.

– Conosci bene queste parti?

– Ci sono stata alcune volte per fare dei servizi fotografici. In certe ore del giorno, in certi posti, in certe stagioni, Dartmoor diventa una portentosa tavolozza di colori. Qui sono venuti a prendere ispirazione molti pittori.

I PONY DI DARTMOOR

Dopo aver pranzato ce ne siamo andate a passeggiare. Improvvisamente si era messo a fare caldo ed era bello muovere le gambe e respirare a pieni polmoni.

Sulla via del ritorno, Stefi si è fermata in vari posti dove la gente faceva spuntini e picnic. E quando abbiamo visto dei pony trotterellare tranquilli ai margini dei prati, Stefi mi ha detto: – Quelli sono i pony di Dartmoor.

– A chi appartengono?

– A nessuno. Sono cavalli selvatici che hanno il privilegio di avere a loro disposizione tutto il territorio.

– Sono aggressivi?

– Sono talmente abituati al contatto con la gente che si lasciano avvicinare, toccare e persino nutrire dai visitatori. Vorresti accarezzarne uno?

– Magari.

– Fermiamo l'auto in quello spiazzo e andiamo incontro a quei due che spazzano l'aria con la coda laggiù.

– Secondo me, scappano.

– Secondo me, no.

Naturalmente aveva ragione Stefi. I due pony, a mano a mano che ci avvicinavamo, hanno cominciato a scuotere la testa e a nitrire. Non per spaventarci, ma per darci il benvenuto. L'ho capito quando ci sono venuti incontro e hanno aperto la bocca.

– Non ho nemmeno uno zuccherino – ha detto Stefi.

– Posso provare a toccare la criniera di quello?

– Prova.

Ho alzato una mano e l'ho posata cautamente sulla testa del pony che aveva cominciato ad annusarmi. Sembrava che mi invitasse a fargli una grattatina e io l'ho accontentato.

– Incredibile! – ho esclamato.

– Un animale avverte d'istinto se qualcuno o qualcosa rappresenta un pericolo per lui. E tu non lo sei. Secondo me, potresti anche montargli in groppa.

– Stai scherzando?

– No.

Allora ho immaginato di salire in groppa al pony che stavo accarezzando. Forse sarebbe partito al galoppo e mi avrebbe portato lontano. Quanto lontano? Magari in un posto dal quale non avrei più fatto ritorno. E che vita avrei condotto, allora? Una vita selvaggia?

– Valentina, a cosa pensi? – mi ha chiesto Stefi.

Mi sono svegliata dal mio incanto e le ho risposto: – Stavo immaginando delle cose.

– Sarà meglio andare. Io sono un po' stanca.

– Mi piacerebbe passare la notte da queste parti. Magari in una tenda.

– Potremmo farlo, un giorno. Io credo che avremo altre occasioni per stare insieme e per conoscere posti anche più affascinanti di questi.

– Fosse vero!

– Mi rifarò viva prima di quanto immagini. Ma adesso godiamoci i giorni che ci restano. Voglio riportarti a casa soddisfatta.

– Com'è andata? – ci ha chiesto Elisabeth.
– Molto bene – le ha risposto Stefi.
– *Did you enjoy yourself, Valentina?*
– *Yes, of course.*
– *Good.*

A cena, Elisabeth mi ha detto che i suoi alunni stanno preparando un piccolo spettacolo di commiato. Questa notizia mi ha un po' rattristata. I giorni stavano passando in fretta e il mio soggiorno in Cornovaglia volgeva alla fine.

– Domani passeremo una giornata al mare – ha detto Elisabeth. – Le previsioni dicono che sarà bello almeno nella prima parte della mattinata. Andremo in pullman fino a St. Anthony. Ci sarà la bassa marea, perciò potremo camminare tra gli scogli e raccogliere conchiglie e stelle marine.

«Un'altra bella giornata», mi sono detta. E, stanca ma contenta, sono andata a letto e sono piombata in un sonno profondo.

UN INCUBO

Quasi subito, però, ho cominciato a sognare.

Non so come, ma mi trovavo nei pressi della prigione di Dartmoor. Era buio ed ero sola.

Nel punto dove mi trovavo c'erano poche case. E sembravano disabitate.

Stava calando la nebbia ed ero certa che di lì a poco mi avrebbe impedito di vedere lontano. Allora ho avuto paura. Non sapevo cosa fare, non sapevo dove andare. Davanti a me la prigione si faceva più minacciosa e ho deciso di allontanarmi in fretta.

Poco dopo, però, ho sentito un rumore di

cancelli che cigolavano su cardini, un tintinnare di chiavi e tonfi ripetuti di porte che sbattevano.

Ho cominciato a correre, ma procedevo a casaccio, perché la nebbia mi toglieva ogni visibilità.

Dapprima ho sentito solo i miei passi, poi quelli di qualcuno che mi rincorreva. E dopo alcuni minuti di corsa folle, sono stata scaraventata a terra da uno che mi è piombato addosso con tutto il suo peso.

– Aiuto! – ho gridato.

Ma l'uomo mi ha messo una mano sulla bocca e mi ha chiesto: – Chi sei?

Come facevo a rispondergli, se non mi toglieva la mano dalla bocca?

– Comunque non sei una guardia – ha continuato l'uomo. – E forse mi farai comodo. Non urlare, alzati e vieni con me. Non voglio farti male.

L'uomo mi ha tolto la mano dalla bocca, mi ha afferrato per un braccio e mi ha detto di correre insieme a lui.

Abbiamo corso per almeno un paio di chilometri, finché sono crollata a terra sfinita.

– Alzati, ci siamo quasi – mi ha detto l'uomo.

Mi ha aiutata a rialzarmi e mi ha trascinata quasi di peso all'interno di un bosco dove non c'era nebbia, ma dove il buio era fitto.

– Lo sapevo che stanotte non c'era la luna. Ecco, siamo quasi arrivati.

L'uomo ha spinto la porta di una capanna incastrata in un groviglio di rovi, l'ha richiusa e mi ha detto: – Siediti.

Io mi sono rannicchiata in un angolo. Lo spazio non era molto, e l'uomo è venuto a sedersi accanto a me.

Per un po' nessuno ha detto niente. Sia io, sia lui tendevamo le orecchie ai rumori del bosco.

Ma fuori c'era una gran tranquillità, e dopo alcuni minuti, l'uomo ha detto: – Se passa la notte senza che mi trovino, all'alba puoi andartene. Mi dispiace che ti sia trovata sulla mia strada.

Io mi sono calmata un po', e a bassa voce gli ho chiesto: – È scappato dalla prigione?

– Già.

– Dicono che da quella prigione non sia mai scappato nessuno.

– Finora.

– Come ha fatto?

– Ci ho pensato a lungo e ho lavorato quasi due anni per realizzare il mio progetto.

– Quanto tempo avrebbe dovuto ancora trascorrere in prigione?

– Tutta la vita.

– Tutta la vita?

– Sai cos'è l'ergastolo?

– Sì.

– Mi hanno condannato all'ergastolo.

– Posso chiederle perché?

– Dicono che ho ucciso una vecchietta per rapinarla del denaro che aveva in casa.

– E non è vero?

– Certo che non è vero. Ma al processo non ho potuto dimostrarlo.

L'uomo ha sospirato e io non gli ho fatto altre domande. Avevo dei graffi alle braccia e mi faceva male una caviglia. Ma, soprattutto, avevo sonno. Gli occhi mi si chiudevano e ho appoggiato la testa alla parete di legno della capanna.

IL RACCONTO DEL PRIGIONIERO

L'uomo però mi ha chiesto:
– Non vuoi ascoltare la mia storia?

Allora ho riaperto gli occhi e ho mormorato: – Sì.

– Io ho sempre vissuto solo – ha cominciato. – E quella vecchietta curva e gentile, che abitava accanto a me, mi ricordava molto mia madre.

Ho cominciato subito a farle dei piccoli favori, perché non riusciva quasi a camminare. Le compravo il latte, il pane, le verdure, la frutta.

«Grazie» mi diceva «lei è davvero molto gentile.»

Ma renderle questi piccoli servizi non mi dava alcun fastidio. Anzi, mi faceva piacere.

Dopo un po' ha cominciato a invitarmi da lei. Ci vedevamo soprattutto la sera e ci facevamo delle belle chiacchierate.

«Come mai vive sola?»

«Mio marito è morto in un incidente sul lavoro e io non mi sono più risposata. Ho un figlio, ma è andato via subito, e adesso chissà dove si trova. Magari è morto anche lui. E lei, come mai vive solo?»

«Per scelta. Io sto bene così.»

«A vivere soli si diventa acidi e cattivi. A lei non è successo, però.»

«Nemmeno a lei.»

«No, ma io ho conosciuto l'amore e l'affetto per un figlio.»

«Anch'io ho amato una donna. Anche se solo per poco.»

Mi piaceva conversare con quella donna. Quasi ogni sera andavo da lei e, quando tornavo nel mio alloggio, lo sentivo pieno delle sue storie e dei suoi ricordi. Insomma, eravamo diventati indispensabili l'uno all'altra.

Poi, una notte, un urlo, un fracasso.

Quando corsi in pigiama nel suo appartamento a fianco, sembrava addormentata nella poltrona dove si sedeva ogni sera per raccontare le sue storie. Ma purtroppo era morta. L'appartamento era in disordine, e chi l'aveva messo a soqquadro era già fuggito.

Ho messo una mano sul collo della mia vicina, per controllare se respirava. Ed è in questa posizione che il poliziotto del piano di sopra mi ha trovato quando è entrato nella camera. Stringeva in pugno una pistola, e mi ha detto: «Lo sapevo che prima o poi i lupi escono dalle tane e uccidono».

Non c'è stato nulla da fare. Non è servito a niente protestare la mia innocenza e ricordare i buoni rapporti che avevo con quella donna. Non ne era a conoscenza nessuno. E inoltre hanno detto che se le cose stavano davvero così, era perché avevo voluto guadagnarmi la sua fiducia per aggredirla più facilmente e sottrarle il denaro che aveva.

«Denaro? Quale denaro?» ho urlato in tribunale. «A me non risulta che ne avesse.»

«Ne aveva, ne aveva» mi hanno rinfacciato. «E lei lo sapeva.»

«Non ne sapevo nulla. Cosa devo fare o dire per convincervi?»

«Non deve fare e non deve dire proprio niente. C'è un testamento che parla contro di lei.»

«Un testamento? Si può sapere di cosa parlate?»

E così ho scoperto che la mia vicina, alcuni giorni prima di essere uccisa, aveva scritto un testamento, nel quale mi dichiarava erede universale delle sue ricchezze. Un centinaio di milioni in titoli e azioni.

«Ma allora che ragione avevo per ucciderla?» ho urlato.

«Ha voluto anticipare la riscossione dell'eredità. Dove programmava di fuggire dopo l'assassinio?»

«Voi siete pazzi, siete pazzi! Io ero affezionato a quella donna.»

Alla fine il giudizio è stato quello che ti ho detto: ergastolo. Ergastolo senza aver commesso alcun reato. Ergastolo pur essendo innocente. Prova a metterti nei miei panni, se ci riesci.

La voce dell'uomo era incrinata dalla rabbia. Ma io gli ho creduto. Innocente e in prigione. Una situazione nella quale anch'io non avrei potuto resistere.

– Ha fatto bene a fuggire – gli ho detto.

– Sì, ma adesso non so come fare. Mi cercheranno con ogni mezzo e mi renderanno la vita impossibile.

– Vorrei aiutarla...

L'uomo però mi ha detto: – All'alba devi andar via. Prosegui lungo il sentiero nel bosco e non dire a nessuno di avermi incontrato. E adesso vedi se riesci a dormire. Proverò a chiudere gli occhi anch'io.

All'alba mi sono svegliata. Nella capanna c'era una dolce penombra e mi sono guardata intorno. Ero sola e non c'era traccia dell'uomo. Doveva essere andato via poco prima, però. Nell'aria, infatti, c'era ancora l'odore della sua presenza.

Quando sono uscita dalla capanna, il bosco era tutto un fremito di foglie. E quasi subito ho sentito un latrare di cani. La caccia all'uomo doveva essere ricominciata. Nelle orecchie mi risuonava ancora l'eco della sua voce...

Poi mi sono svegliata.

GITA A ST. ANTHONY

Al risveglio, ho raccontato a Stefi il mio lungo sogno.

– Mi sembrava tutto così vero, così reale.

– Adesso non pensarci più. Abbiamo una bella giornata davanti.

Invece continuo ancora a pensarci. Cosa avrà voluto significare? Ho forse paura che un giorno capiti a me ciò che è successo all'uomo del mio sogno? Com'è finita la sua fuga? È riuscito a salvarsi, o è tornato in prigione? Mi dispiace di non averlo potuto aiutare. Adesso non ne sarei così ossessionata.

– Dai, Valentina, muoviti – mi ha detto Stefi uscendo dalla doccia. – Hai dei pantaloncini nella valigia?

– No.

– Elisabeth te ne darà un paio che Anne-Marie indossava quand'era più piccola. Dovrebbero andarti bene.

E infatti, quando li ho infilati, sembravano comprati apposta per me.

– Come sto? – ho chiesto a Stefi.

– Benissimo. Sono certa che farai innamorare un bel po' di ragazzini.

Il pullman è partito alle nove e trenta precise. La nostra destinazione era la spiaggia di St. Anthony e il viaggio è durato quasi un'ora.

Io mi sono seduta accanto a Emma e ho cercato di fare un po' di conversazione, imbrogliando un po' i verbi, un po' le parole.

– *Please, don't laugh* – le ho detto a un certo punto. Cioè: non ridere.

– *I'm not laughing at all. I wish I could speak Italian as well as you speak English.*

Stefi, che era dietro di noi, è intervenuta e ha tradotto: – Dice che vorrebbe parlare l'italiano come tu parli l'inglese.

A un certo punto qualcuno si è messo a cantare delle canzoncine. E dato che tre o quattro le conoscevo anch'io, mi sono unita al coro. Alla fine ne ho proposta una che nessuno aveva cantato e tutti mi hanno applaudita.

Stavo così bene con tutti loro, che mi sembrava di essere con i miei compagni di classe.

Invece Ottilia, Tazio, Samuel, Annalee, Ringo, Enrico, Gina e tutti gli altri erano a più di mille chilometri di distanza. Che cosa stavano facendo in quel momento? Erano quasi le dieci e mezza e di sicuro stavano per scendere in cortile. Poi però mi sono battuta la fronte con una mano e mi sono detta: – Stupida, qui siamo in ritardo di un'ora rispetto a loro. Perciò l'intervallo l'hanno già bell'e finito, e fra tre quarti d'ora si laveranno le mani per andare in mensa.

Il pullman si è fermato su una piazzola, siamo scesi e ci siamo diretti verso il mare. La bassa marea aveva messo allo scoperto gli scogli e un grande tratto di spiaggia.

Allora ci siamo sguinzagliati in tutte le direzioni e, a testa china, ci siamo messi tutti a raccogliere conchiglie, stelle marine e granchi.

Io avevo un sacchettino e ho cercato qualche conchiglia originale da portarmi in Italia. Ma presto mi sono stancata di cercare, e mi sono guardata intorno per fissare bene nella memoria il paesaggio che mi circondava.

Stefi era anche lei in pantaloncini, si era avvolta un foulard intorno alla testa e sembrava una mondina che si accingesse a raccogliere il riso.

– Non ti diverti? – mi ha chiesto.

– Posso andare più avanti? Vorrei avvicinarmi all'acqua.

– Se ci riesci.

Ho capito subito il significato delle parole di Stefi. Davanti a me avevo pietre coperte di muschio, piccole pozze d'acqua, tratti di sabbia nei quali si sprofondava fino alle caviglie. Insomma, non era facile camminare e ci ho rinunciato quasi subito.

– Quanti spazi hanno a disposizione questi bambini! – ho detto a Stefi, dopo essermi seduta sulla sabbia asciutta. – Io, invece, ho solo i giardinetti e il cortile della scuola. Mi piacerebbe abitare vicino al mare. E a te, dove piacerebbe abitare?

– Io sto bene dappertutto. Ma quando ho voglia di riposarmi, preferisco la montagna. Su e giù, su e giù per colli e per valli, oppure su un prato a prendere il sole.

– A proposito di sole, mi sembra che ne sia rimasto poco.

Stefi ha guardato in alto, ha annusato l'aria e ha detto: – Sento odore di pioggia.

Anche Elisabeth è stata d'accordo con lei.

– Meglio tornare al pullman – ha detto.

Ma prima di arrivarci è venuto giù un acquazzone che ci ha bagnati fino al midollo. I bambini correvano, gridavano, ma la violenza della pioggia spegneva le loro grida.

L'autista del pullman, purtroppo, aveva chiuso a chiave l'automezzo e forse era andato in un pub a rinfrescarsi la gola. Così ci siamo rifugiati sotto una tettoia come una folla di pulcini spaventati.

Una volta a casa, Stefi mi ha asciugata per bene.

– Sarebbe un vero peccato se ti raffreddassi proprio adesso. Passeremo un giorno anche a Londra e non vorrei tenerti in albergo con la febbre.

– Sta' tranquilla, io resisto bene agli acquazzoni e ai raffreddori.

Mi sono coperta per bene ed Elisabeth mi ha fatto bere un bicchiere di latte caldo con quattro cucchiaini di miele.

Alle nove ero già a letto, anche se non avevo sonno.

Quando più tardi Stefi è entrata in camera ha cercato di non far rumore. Io però le ho detto: – Sono ancora sveglia. Spogliati con comodo.

– Una giornata da dimenticare?

– No. Non c'è stata solo la pioggia. E poi quell'acquazzone non era un acquazzone normale. Era un acquazzone della

Cornovaglia. Perciò è da annotare e da ricordare.

E infatti, prima di andare a letto, avevo tirato fuori il taccuino di Tazio e avevo riassunto gli eventi della giornata, compresi l'acquazzone e il bicchierone di latte caldo e miele che mi aveva dato Elisabeth.

FISH AND CHIPS

Oggi pomeriggio Stefi mi ha accompagnata a Plymouth.

– Faremo un giro nella parte vecchia della città e a mezzogiorno mangeremo *fish and chips*, cioè pesce e patatine fritte. O preferisci mangiare al ristorante?

– *Fish and chips* andranno benissimo.

Dopo aver girato per le stradine del *Barbican*, siamo andate a sederci sul molo. Davanti a noi c'erano tantissime barche e i pescatori vendevano il pesce pescato nella notte.

Mentre mangiavamo *fish and chips* da un cartoccio, Stefi mi ha indicato l'isola di Drake, il Sound di Plymouth e le regate che erano in corso.

– Mi piacerebbe tanto salire su una di quelle barche – le ho detto.

– Lo faremo domani. Concluderemo il nostro soggiorno in Cornovaglia risalendo il fiume Tamar. Arriveremo fino a Calstock, pranzeremo e torneremo indietro.

– Stupendo! Arriveremo fino alle sorgenti del fiume?

– Eh, no, Valentina. Questo non sarà possibile. Avremmo bisogno di molto più tempo. Però percorreremo un bel tratto di fiume. E ne vale la pena, vedrai.

– Porta la macchina fotografica.

– Ce l'ho sempre con me.

– Anche adesso?

– Anche adesso.

– Mi faresti una foto?

– Mi faresti una foto mentre do da mangiare ai gabbiani?

– Sono pronta.

I gabbiani ai quali alludevo si avvicinavano e si allontanavano dai miei piedi, compiendo una specie di danza. Stavo lanciando loro dei frammenti di pesce e ho continuato a farlo mentre Stefi mi faceva la foto.

Era la prima volta che vedevo così da vicino dei gabbiani. Erano davvero grossi e un loro colpo di becco credo mi avrebbe fatto molto male.

Mi piaceva dar loro da mangiare e alla fine ho sparso all'intorno tutto il pesce che restava nel mio cartoccio.

– Ti andrebbe un gelato? – mi ha chiesto Stefi.

– Altroché. Sei golosa di gelati?

– Molto. Li mangerei anche a colazione.

– Mi stai raccontando molte cose di te, Stefi.

– Lo faccio solo con gli amici.

– E mi racconteresti anche un segreto, un giorno?

– Ma certo.

– Perché sei così aperta e sincera con me?

– Perché mi piaci, Valentina.

– E perché ti piaccio?

– Devo avertelo già detto. Perché somigli molto alla bambina che sono stata.

– Io spero di diventare la donna che sei tu.

– Il passato è più semplice da confrontare. Il futuro, invece, dipende da tante circostanze. Però bisogna cominciare a immaginarselo e a sognarlo. Se il tuo sogno è forte e convinto, quasi sempre riesci a realizzarlo.

– Saresti una brava insegnante, Stefi.

– Scherzi? Io non riuscirei mai a stare con una classe di bambini. Scapperei terrorizzata.

– Allora perché parli con tanta semplicità con me?

– Perché tu sei Valentina e sto imparando a conoscerti bene.

LUNGO IL FIUME FINO A CALSTOCK

Per risalire il fiume Tamar abbiamo preso un battello a Plymouth. C'era molta gente a bordo e Stefi mi ha detto:
– Prendete posto a poppa, prima che non ci sia più una panchina dove sedersi.

L'invito era rivolto a me e a Richard.

– Ti piace abitare a Torpoint? – gli ho chiesto mentre il battello si allontanava dal molo.

– Sì. Qui vado a scuola, ho i miei amici, c'è il mare e posso fare tutte le corse che voglio con la mia bici. Ma la bici mi serve anche per consegnare i giornali.

– Quali giornali?

– Tu non te ne sei accorta, ma prima di fare colazione io vado a consegnare i giornali agli abbonati della mia zona.

– E ti pagano bene per questo?
– Sì.

– Anch'io mi guadagno dei soldi. Ma non consegnando i giornali.

– E cosa fai?

– La babysitter. Tu cosa ne fai dei soldi che guadagni?

– Li metto da parte per comprarmi una bici nuova. E tu?

– Li spendo per le mie necessità e a volte li presto a mia madre.

Quasi subito siamo passati sotto un grande ponte.

– Questo è il Saltash Bridge – mi ha detto Richard. – In Cornovaglia si può arrivare dal Devon anche in macchina o in treno.

Lasciata Plymouth, le rive del Tamar si sono allontanate e sembrava di navigare in un largo braccio di mare. A parte il borbottio del motore c'era molta tranquillità intorno a noi. Il paesaggio è diventato dolce e ondulato e io mi sono riempita gli occhi di prati e di colline, di isolotti e di canne, di lontre e di gabbiani.

A un certo punto ho chiuso gli occhi e mi sono messa a sognare. Io ero una ninfa dei boschi, venivo a bagnarmi nel fiume e chiacchieravo con i pesci e gli uccelli.

– Dormi, Valentina?

La domanda di Stefi mi ha fatto sussultare, svegliandomi dal sogno.

– No, stavo sognando – le ho risposto.

– Deliziosa quell'ansa del fiume, vedi?

– Eh, sì. Io scenderei a farmi un bagno.

– Con questo freddo?

Il cielo, in effetti, si era annuvolato e spirava un venticello frizzante.

– Quando ci fermeremo? – ho chiesto a Stefi.

– Tra non molto. Approderemo a Calstock e scenderemo a pranzare.

Richard si era alzato e respirava a pieni polmoni l'aria satura di salsedine che arrivava dal mare.

Allora gli sono andata vicina e gli ho detto: – Sono posti bellissimi. Spero che ci tornerò di nuovo, un giorno.

– Abbiamo una casa grande e possiamo ospitarti quando vuoi.

– Sei stato gentile ad accompagnarmi in questa gita.

– Ne avevo voglia. E poi ho saltato un giorno di scuola.

– Non ti piace andare a scuola?

– Sì, ma non tutti i giorni.

Stefi mi ha toccato un braccio e ha detto: – Prepariamoci a scendere. Siamo arrivati.

A Calstock siamo rimasti un paio d'ore. Abbiamo mangiato il cosiddetto *ploughman's lunch*, che vuol dire *pranzo del contadino* e che è un piatto freddo composto di pane, formaggio, cipolline sottaceto e insalata.

Poi siamo andati a passeggiare lungo il fiume e infine abbiamo ripreso il battello e siamo tornati a Plymouth.

Prima di andare a dormire, Elisabeth mi ha ricordato: – Domani è il tuo ultimo giorno con noi.

– È già finita – ho detto a Stefi quando ci siamo coricate e abbiamo spento la luce.

– Non proprio. Abbiamo ancora un giorno da passare a Londra.

– Il tempo corre troppo in fretta.

FESTA A SCUOLA

Quando sono entrata nella classe di Elisabeth, mi è sembrato di entrare in una classe diversa da quella che avevo conosciuto nei giorni scorsi. C'erano addobbi, festoni e bandierine sulle finestre e sulle pareti, e i bambini portavano delle divise.

Le bambine erano vestite da *brownies*, i bambini da *cubs* e qualcuno indossava una divisa militare. Poi c'erano delle bambine con il tutù, mentre altre erano vestite da fate.

Parecchi avevano portato degli strumenti musicali: la tromba, il violino, la tastiera, il flauto.

– Ben arrivata, Valentina – mi ha detto Elisabeth in italiano.

E io ho fatto uno sforzo per trattenere l'emozione.

Poi tutto è proceduto molto in fretta.

Zoemarie ha danzato, Emma ha cantato, James ha suonato il violino, Chris ha suonato la tromba.

Nei giorni precedenti avevo insegnato loro la canzone per bambini *Ci vuole un fiore*, e quando la festa è finita, l'abbiamo cantata insieme.

Non dimenticherò mai l'accento buffo con cui hanno cantato nella mia lingua. A sentirli, un po' mi veniva da ridere, un po' da piangere.

Chissà se avrei rivisto di nuovo quei bambini. Chissà se sarei andata a trovare un'altra volta Emma a casa sua. Forse ci saremmo persi di vista per sempre e ciascuno degli alunni di Elisabeth avrebbe continuato a vivere solo nella mia memoria.

– Vuoi dirci qualcosa, Valentina?

Oh, avrei voluto dire tante cose. Ma mi sono accorta che non riuscivo a spiccicare una parola né in inglese, né in italiano.

Allora Elisabeth mi ha messo un braccio sulle spalle ed è venuta in mio aiuto.

– Siamo stati felici di averti avuta con noi per qualche giorno – mi ha detto. – Spero che porterai in Italia un bel ricordo della nostra scuola. Abbiamo dei regalini da consegnarti.

E nei dieci minuti successivi, sulla cattedra di Elisabeth si sono ammucchiati lettere, taccuini, agende, penne, cartoline, biglie, gomme profumate, yo-yo e matite colorate.

Sono riuscita a balbettare solo: – Grazie... grazie – e ho abbracciato tutti.

Quando ho abbracciato Emma, le ho detto: – Ti scriverò.

Emma mi ha mormorato: – *I'll miss you, Valentina.*

Ho pranzato un'ultima volta a scuola e alle due sono tornata a casa di Elisabeth.

Il treno per Londra partiva alle quattro da Plymouth, e non avevamo molto tempo.

Prima di lasciare la casa di Elisabeth mi sono affacciata dalla finestra della camera dove avevamo dormito Stefi e io. Volevo fotografare con la mente la via, le case, i lampioni e la cabina telefonica. Poi sono scesa giù in fretta e ho detto: – Sono pronta.

– Ciao, Stefi. Ciao, Valentina – ci ha detto Elisabeth prima di salire sul *ferry*. – Vi aspetto di nuovo.

Il ferry si è staccato dalla riva e, quando ha urtato la riva opposta, ho mormorato:
– Ciao, Torpoint.

Siamo arrivate alla stazione di Plymouth appena in tempo. Ma poi ci siamo rilassate guardando il mare che tornava a riva con l'alta marea.

– A che ora arriveremo a Londra? – ho chiesto a Stefi.

– Alle sette e mezza.

– E poi?

– E poi in albergo a farci una doccia. L'albergo non è lontano da Hyde Park e la nostra camera è prenotata da quindici giorni.

Siamo arrivate alla stazione di Paddington alle sette e trentadue e un taxi ci ha portate in albergo destreggiandosi a fatica nel traffico.

Dopo la doccia Stefi mi ha detto: – Valentina, io sono sfinita. Pensavo di andare a mangiare fuori. Ma forse ci conviene cenare in albergo e andare subito a letto. Ci rifaremo domani, d'accordo?

– D'accordo.

HYDE PARK: SCOIATTOLI E LAGHETTI

Stamattina abbiamo fatto un'abbondante colazione e siamo uscite presto dall'albergo.

– Questa è Londra, Valentina – mi ha detto Stefi. – Quella donna è un'indiana, quell'uomo dev'essere un senegalese, quell'altro viene dall'estremo oriente, quella ragazza bionda dev'essere tedesca o danese, quel tipo panciuto dev'essere americano e noi due... siamo italiane. Vieni, voglio portarti a vedere il polmone verde più grande della città.

Siamo entrate a Hyde Park da un grande cancello, e dopo aver percorso una serie di vialetti, i rumori del traffico sono scomparsi.

– Che pace! Che tranquillità! – ha esclamato Stefi. – Adesso scordiamoci di tutto e di tutti, Valentina. Qui siamo in un mondo a parte. Tu non ti senti rinascere? Io sì.

Non sapevo cosa rispondere a Stefi e ho cominciato a guardarmi intorno. Vastissimi prati, alberi enormi e, in lontananza, un bel laghetto nel quale scivolavano anatre e germani reali. Molta gente leggeva stando seduta sui prati, altri si erano allungati per prendere il sole sugli asciugamani, i bambini più piccoli si rincorrevano in costume, c'era chi lanciava la palla e chi stava a testa in giù vicino a un albero.

Su tutto il parco splendevano un cielo azzurro e un sole caldo.

– Una giornata splendida – ha detto Stefi.

E io ho gridato: – Guarda, due scoiattoli!

Non sembravano per niente spaventati dalla gente che affollava il parco e ora salivano, ora scendevano dagli alberi facendo gli acrobati da un ramo all'altro.

Era la prima volta che ne vedevo due così da vicino e non credevo ai miei occhi.

– Ce ne sono tantissimi – mi ha detto Stefi. – Un'altra esperienza da annotare sul tuo taccuino. A proposito, a che punto sei?

– L'ho riempito quasi per metà. Vuoi leggere quello che ho scritto?

– Non voglio mettere il naso in cose personali.

– Ho parlato molto anche di te.

– Sono contenta di averti ispirato qualche osservazione spiritosa.

– Macché! Di te non riuscirei mai a ridere.

– Invece bisognerebbe imparare a ridere di tutto, Valentina. Anche di se stessi, si capisce. Andiamo a sederci su quella panchina? Vorrei prendere un po' di sole. Tu però, se vuoi, puoi continuare a fare nuove scoperte. Quando torni, sono certa che mi troverai addormentata. Svegliami e ricominceremo a girare insieme. Poi andremo a pranzare.

– E se andassimo in un ristorante cinese?

– Si può fare, se ci tieni. Ecco, io mi siedo qui. Tu che cosa fai?

– Continuo a girare.

– Buona passeggiata.

– Attenta a non scottarti.

– Mi proteggerò gli occhi con occhiali scuri.

Stefi ha estratto un paio di occhiali da sole dal suo zainetto, li ha inforcati e mi ha chiesto: – Come sto?

– Sembri un agente segreto.

Stefi è scoppiata a ridere e ha detto:

– Non se n'era accorto nessuno finora. Attenta a non tradirmi.

UNA DONNA CHE RICORDA

Mi sono allontanata dalla panchina di Stefi e mi sono diretta verso il lago. Era affollato di piccole anatre e il loro verso rompeva di tanto in tanto il silenzio del parco.

Sono rimasta a osservare le anatre per un po', poi ho imboccato un vialetto e sono andata a sedermi all'ombra di un platano, su una panchina dove era seduta una donna anziana.

Aveva i capelli bianchi, un paio di occhiali e lo sguardo concentrato sulle pagine di un libro che teneva stretto fra le mani.

Mi sono seduta, ho sospirato di piacere e ho chiuso gli occhi. Che cosa stava facendo Stefi? Si era addormentata? Oppure stava pensando a persone che io non conoscevo? E cosa pensava veramente di me? È impossibile entrare nella testa di un altro. Però credo che le cose che uno pensa puoi almeno in parte leggergliele negli occhi. E negli occhi di Stefi io avevo letto che mi voleva bene.

Con questo pensiero ho riaperto gli occhi e ho sbirciato la donna al mio fianco. Poi la mia attenzione è stata attirata dal libro che leggeva.

Il libro, infatti, era scritto in italiano. Ho cercato di leggerne il titolo e la donna se n'è accorta.

– *Hello. It's a lovely day, isn't it?* – mi ha chiesto sorridendo.

E io, anziché rispondere in inglese, ho detto: – Sì, ha proprio ragione.

Allora lei ha chiuso il libro e ha esclamato: – Sei italiana, dunque!

– Anche lei?

– Sì. Di Napoli, per la precisione. Come ti chiami?

– Valentina.

– Io mi chiamo Veronica. Dove abiti?

– A Torino.

– Sei a Londra con i tuoi genitori?

– No, con un'amica.

– Ti piace Londra?

– Siamo arrivate ieri sera dalla Cornovaglia. Torniamo in Italia domani e non avrò tempo per conoscere a fondo questa città.

– Peccato. Spero che tu abbia occasione di ritornarci.

– Anche lei è qui di passaggio?

– No, io abito qui da più di cinquant'anni.

– E parla ancora così bene l'italiano?

– È difficile dimenticare la lingua del paese dove si è nati e dove si sono vissuti i primi vent'anni della propria vita.

– E come mai è venuta ad abitare qui a Londra?

– Ci sono venuta dopo la guerra, con un

soldato inglese del quale mi ero innamorata.

– Vuol dire che l'ha sposato?

– Naturalmente. Però cinque anni fa mi ha lasciata sola.

– Mi dispiace.

– Oh, è stato un buon marito. Peccato che non abbiamo avuto figli.

– Le piace leggere?

– Sì. I libri sono un'arma molto efficace contro la solitudine. Quando il tempo è bello, vengo nel parco e mi dedico a un paio d'ore di lettura silenziosa. Questa panchina la considero un po' mia e la trovo sempre libera quando arrivo. Forse perché è all'ombra e la gente cerca per lo più il sole.

– Mi scusi se l'ho disturbata.

– Non mi hai disturbata affatto. Sono qui da più di due ore e stavo proprio per chiudere il libro.

– Adesso dove andrà?

– A casa. La spesa me la fa Vittoria, una signora che viene da me tre volte la settimana. Perciò sono abbastanza libera di muovermi. Sei brava ad ascoltare, Valentina.

– Mi piace conoscere la vita degli altri. E poi, sa, un giorno vorrei scrivere dei libri. E devo conoscere molta gente e molte storie per farlo.

Veronica ha sorriso e mi ha detto:
– Quindi è probabile che un giorno io mi ritrovi in uno dei tuoi romanzi!

– È probabile – ho risposto, ridendo anch'io.

– Adesso devo andare.

– Io vado in quella direzione, per tornare dalla mia amica.

– Allora possiamo fare un po' di strada insieme. Vado anch'io da quella parte.

Quando siamo arrivate alla panchina dove Stefi prendeva il sole ho detto a Veronica: – Quella è Stefi, l'amica della quale le ho parlato.

– Lasciamola dormire tranquilla.

A quelle parole, Stefi si è tolta gli occhiali e ha detto: – Ciao, Valentina. Sono sveglia da un pezzo. Che hai fatto di bello?

– Ha scoperto me – ha detto Veronica.

– Dev'essere stata una scoperta interessante.

– Molto interessante – ho detto io.

E ho presentato Veronica a Stefi e Stefi a Veronica.

Veronica si è trattenuta con noi una decina di minuti, poi ha detto: – Salutami l'Italia, Valentina.

– Non ci è più tornata? – le ho chiesto.

– Preferisco ricordarla com'era quando io ero ragazza. Buon viaggio.

– Addio, Veronica.

Veronica si è allontanata con le spalle un po' curve e io mi sono seduta accanto a Stefi.

Stefi mi ha messo un braccio sulle spalle e mi ha detto: – La vita è imprevedibile, Valentina.

Eh, sì. Chi si immaginava di trovare a Hyde Park una donna chiamata Veronica, che ha lasciato l'Italia più di cinquant'anni fa?

Trovata e persa per sempre, ho riflettuto. La mia strada, infatti, non si sarebbe mai più incrociata con la sua.

A LONDRA CON STEFI

Uscite da Hyde Park abbiamo percorso Oxford Street e, dopo una sosta in Trafalgar Square, siamo entrate in una delle librerie più grandi del mondo: quella di Foyle's. È una libreria su più piani dove c'è davvero da smarrirsi.

– Quanti libri! – ho esclamato quando siamo tornate in strada.

– Nemmeno chi li vende sa quanti ce ne sono – mi ha detto Stefi. – Andiamo a mangiare una pizza?

– Una pizza buona come quelle che fanno in Italia?

– Quelle te le sogni. È probabile che ci sia qualcuno, in questa immensa metropoli, che faccia una vera pizza napoletana. Ma noi non abbiamo tempo per andare a cercarlo. Probabilmente mangeremo qualcosa che della pizza ha solo il nome. Ma non possiamo attardarci. Il nostro aereo parte alle diciotto precise.

La "pizza" era spessa due dita e ci è stata servita in una teglia. Comunque era buona e mi ha saziata. Nel locale non c'era molta gente e tra un boccone e l'altro ho detto a Stefi:
– Non so perché, ma mi sento un po' diversa rispetto a una settimana fa.
– In che senso?
– È come se fossi cresciuta più in fretta.
– Questa è l'impressione che ha ogni viaggiatore dopo un viaggio.
– Mi sento anche un po' cambiata, ma non saprei spiegarti come.
– Lo capirai meglio nei prossimi giorni.
– Come si fa a non aver paura dell'aereo?
– Si allaccia la cintura, si chiudono gli

occhi e li si riapre quando l'aereo solca il cielo.

– E il vuoto nello stomaco?

– Quello viene quando si prende l'aereo per la prima volta.

– Cercherò di essere coraggiosa e di non chiudere gli occhi.

Infatti, quando l'aereo ha preso la rincorsa sulla pista dell'aeroporto di Heathrow, gli occhi li ho tenuti ben aperti. Ma il vuoto allo stomaco, al momento del decollo, l'ho sentito eccome. Poi l'aereo si è messo in posizione orizzontale e ha cominciato a ronzare come uno sciame di api.

Fuori c'era ancora luce, perché il sole era tramontato da poco. E dato che occupavo il posto vicino al finestrino, ho guardato giù e ho visto il canale della Manica.

Allora ho ripensato alla nave, alle vertigini sul mare, al ragazzo che si era accanito contro la slot machine, alle monete che avevano riempito le mie tasche.

Erano passati solo sette giorni. Ma a me

In aereo ho ripensato alla mia vacanza speciale…

sembravano molti, molti di più. Stefi aveva chiuso gli occhi.

Un giorno, forse, anch'io sarei stata come lei.

Oggi mi sentivo molto irrequieta e non ero mai soddisfatta.

All'aeroporto di Torino c'era mio padre.

– Le consegno sua figlia sana e salva – ha detto Stefi stringendogli la mano.

Mio padre mi ha abbracciata e ha detto a Stefi: – Spero che non le abbia dato troppi grattacapi.

– Me ne ha dati talmente tanti che vorrei portarmela dietro sul prossimo treno.

– Non vieni a casa nostra? – le ho chiesto.

– Ho degli impegni urgenti da rispettare.

– E non saluti nemmeno mia madre?

– Le telefonerò domani dalla stazione.

– Stefi... io... ti rivedrò di nuovo?

– Ci rivedremo, Valentina, ci rivedremo. Ricordati che abbiamo un appuntamento con Parigi. E io mantengo sempre le mie promesse e rispetto sempre i miei appuntamenti.

– Stefi... – Ma non sono riuscita a dire altro e l'ho abbracciata come se non dovessi rivederla mai più.

– Ciao, Valentina. Aspettami – mi ha detto salendo su un taxi.

Ho aspettato che il taxi si allontanasse dalla banchina, poi sono entrata nell'auto di mio padre e siamo andati a casa.

VEGLIA SUL MIO SONNO

È stato bello tornare a casa, baciare mia madre, salutare Luca, prendere fra le braccia Alice.

– Era ora – ha detto Luca.

– Non dirmi che hai sentito la mia mancanza – gli ho detto cercando di prenderlo in giro.

Ma mi faceva così piacere rivederlo che non avevo nessuna voglia di farlo arrabbiare.

Mia madre mi ha detto: – Hai preso molto sole.

– Sono stata spesso in giro.
– Contenta?
– Contentissima.
– Mi racconterai tutto con calma.

A cena ho cominciato a raccontare, ma a un tratto gli occhi mi si sono velati e ho detto: – Sto per addormentarmi.

– Continuerai domani – ha detto mia madre.

Avrei voluto telefonare a Tazio e a Ottilia, ma mi sentivo davvero crollare per la stanchezza. Perciò mi sono spogliata, ho indossato il mio pigiama e mi sono preparata a fare un sonno filato fino al mattino dopo.

Ma quando Alice è venuta a strusciarsi contro le mie gambe l'ho presa tra le braccia, mi sono seduta sul bordo del letto e l'ho accarezzata a lungo.

– Ben trovata, Alice – le ho mormorato. – Ti ho pensata molto, sai? Ti pensavo quando andavo a letto e quando mi svegliavo la mattina. Allora mi chiedevo: «Cosa sta facendo Alice in questo momento? Si sta stiracchiando? È andata ad arrotolarsi sul mio letto? E la sua scodella, è piena del cibo che le piace? E la ciotola dell'acqua è colma di acqua fresca fino all'orlo?».

Ma sapevo di averti lasciata in buone mani e non ero davvero preoccupata. Ti ha fatto qualche scherzetto Luca? Non credo, vero? Lui, secondo me, per te stravede. Però quando siamo insieme non lo dà a vedere. Scommetto che ti abbraccia quando io non ci sono. Così ha l'impressione che sei tutta sua. Ma tu sei soprattutto mia, Alice. E io ti difenderò da tutto e da tutti. Nessuno deve farti del male. È una promessa. E io mantengo sempre le mie promesse: proprio come Stefi. Buona notte, Alice. Veglia sul mio sonno, se ci riesci.

UNA VACANZA NON PUÒ DURARE PER SEMPRE

– Ciao, Valentina.
– Ciao, Ottilia.

Ero davvero felice di rivedere Ottilia. E, guardandola attentamente, mi è sembrato che anche lei fosse un po' cambiata.

– Sbaglio o sei diventata più alta? – le ho chiesto.

– Io non me ne sono accorta. Tu, piuttosto, ha un'aria un po' imbambolata. Sono state così impressionanti le cose che hai visto?

– Abbastanza.

– Ti sei dimenticata del regalo che mi hai promesso?

– Ottilia, per chi mi hai presa? È la prima cosa cui ho pensato quando sono andata a Dartmoor.

– Che cosa mi hai portato?
– Questo.

E le ho dato una scatola confezionata nella quale c'erano una saponetta, un taccuino, due fermagli per capelli, un spilla e una piccola clessidra.

– Che confusione! – ha esclamato Ottilia. – Come mai tante cose diverse insieme?

– Non lo so. Ma quando ho visto questa strana confezione per ragazze, ho pensato subito a te.

– È molto carina, anche se è insolita. Grazie, Valentina.

– Quando andrai tu all'estero, cerca di essere altrettanto originale.

– Io all'estero non andrò prima dei vent'anni. Perciò credo che per qualche tempo le sorprese dovrò aspettarmele io da te. Scommetto che prima o poi viaggerai di nuovo con quell'amica di tua madre.

– Credo proprio di sì, Ottilia. Stefi è diventata anche mia amica.

– Un'amica migliore di me?

– Nessuna potrebbe essere come te. Stefi non è una bambina. È una donna.

– Vabbè, voglio crederti.

– Come vanno le cose a scuola?

– Come al solito. Negli ultimi giorni ha fatto un caldo bestiale. Sembra arrivata l'estate e siamo solo in aprile. Il tempo è ammattito.

– Siamo noi che lo stiamo facendo ammattire, Ottilia.

– Noi? Io non c'entro proprio nulla col buco nell'ozono, con l'inquinamento e con l'effetto serra. Anzi, se vuoi saperlo, sto cominciando a soffrirne anch'io.

– In che senso?

– Mi sta venendo l'allergia come a te. Occhi gonfi, starnuti a non finire, difficoltà a respirare la notte. Che rabbia! Secondo me la causa è in tutte le porcherie che respiriamo. Bentornata a scuola, Valentina. Immagino che ci vorrà qualche giorno prima che ti riabitui al solito tran tran.

– Credo che ci vorrà pochissimo. È vero che ho fatto tante esperienze e che sono stata libera come un uccello. Però sono contenta di riprendere la mia vita normale e di fare le cose che ho sempre fatto. Dopotutto, una vacanza non può essere eterna, e alla realtà quotidiana bisogna tornare, prima o poi.

Ottilia mi ha guardata attentamente e ha detto: – Eh, sì, in questi giorni devi essere proprio cambiata. Questa saggezza mi sembra quasi eccessiva. Dovrei preoccuparmi?

ESATTAMENTE LE STESSE COSE

Tazio l'ho salutato come tutti i miei compagni. Ma mentre eravamo in cortile gli ho detto: – Perché non vieni da me oggi pomeriggio?

– A che ora?

– Verso le cinque e mezza. Ci saremo solo Alice e io.

Tazio è arrivato puntuale e quando è entrato in casa ho avuto voglia di abbracciarlo. Ma non volevo sembrargli troppo sfacciata.

– Siamo andati nella mia camera e Tazio mi ha chiesto: – E il mio taccuino?

– Ha funzionato. L'ho riempito quasi per tre quarti.

Stavo per chiedergli: «Hai voglia di leggerlo?» ma mi sono trattenuta, perché in più punti ho parlato anche di lui.

– Ti ho portato un regalo – gli ho detto.
– Spero che ti piaccia.

E gli ho dato una penna stilografica.

– Molto bella – ha detto dopo averla osservata attentamente. – Dev'essere costata tanto, io me ne intendo.

– Mentre ero sulla nave, sono diventata ricca di colpo.

E gli ho raccontato della slot machine.

– Non riprovarci – mi ha detto.

– Non ci riproverò. Io non sono mai stata fortunata due volte di seguito. Almeno con le macchine. Con le persone, non so.

Tazio mi ha guardata con occhi interrogativi e io ho continuato: – I telefoni non funzionano bene tra l'Inghilterra e l'Italia.

– Ah, no?

– No. Non ho capito cosa mi hai detto al termine della mia telefonata. Ti ricordi?

– Sì, mi ricordo. Io però sentivo bene.

– Io invece no. Cos'è che mi stavi dicendo quando la linea è caduta?

Tazio ha socchiuso gli occhi e a bassa voce ha risposto: – Ti stavo dicendo... che tu mi piaci molto, Valentina. E se la linea non fosse caduta avrei aggiunto... che ti voglio anche bene. Tu cosa mi avresti detto se la telefonata non si fosse interrotta?

– Esattamente le stesse cose – gli ho risposto.

A quel punto ci siamo abbracciati e ho desiderato che l'abbraccio non finisse più...

Valentina e Alice

Arrivederci
alla prossima
avventura!

INDICE

I figli sono cambiati 11
Buon viaggio 15
In treno 18
Bardonecchia, stazione di confine 21
Da Aix-les-Bains a Parigi 29
Buio nella metropolitana 32
*Un vestito elegante e una telefonata
a casa* 38
La rosa di François 42
Tante domande a Stefi 45
Boulogne-sur-Mer 50
Sul ponte della nave 53
Incubo sul mare 57
Gioco, fortuna e slot machines 60
*Folkstone, Victoria Station,
Paddington* 67
La marea e una lettera immaginaria ... 71
Plymouth 76
Elisabeth, Richard e Anne-Marie 79

Stefi fa da mamma 85
Canti e parabole 89
Calma, ragazzi, calma 94
Ottilia è triste 98
Fare la maestra 102
A casa di Emma 104
Come hai detto? 109
Attenti al cielo 114
Salvataggio sul Coastal Path 118
Teacher, teacher, I declare... 122
Stefi racconta.................................... 125
Dartmoor, Princetown, la vita
  in prigione 138
I pony di Dartmoor............................ 146
Un incubo 150
Il racconto del prigioniero................... 154
Gita a St. Anthony.............................. 160
Fish and chips 166
Lungo il fiume fino a Calstock............ 171
Festa a scuola.................................... 175
Hyde Park: scoiattoli e laghetti............ 179
Una donna che ricorda 183

A Londra con Stefi 189
Veglia sul mio sonno 194
*Una vacanza non può durare
   per sempre* 197
Esattamente le stesse cose 200

I LIBRI DI VALENTINA

V come Valentina
La vita quotidiana di
Valentina: l'amica del cuore,
il ragazzo che le piace,
una gattina da salvare…

**Un amico Internet
per Valentina**
In rete, Valentina trova un
nuovo amico: si chiama
Jack ed è molto simpatico!

In viaggio con Valentina
Valentina parte per la
Cornovaglia… quante
avventure in questo
misterioso paese!

A scuola con Valentina
Valentina ha un maestro
speciale, che narra storie
meravigliose e difende
sempre i suoi alunni…

Un mistero per Valentina
Valentina va in gita
scolastica a Zurigo.
Sarà una settimana piena
di misteri da risolvere!

La cugina di Valentina
La vita di Valentina si
svolge tranquilla, ma un
giorno la sua mamma
perde la memoria…

Gli amici di Valentina
Quanti amici ha
Valentina! Ognuno con
il suo carattere e la sua
storia da raccontare...

L'estate di Valentina
Finalmente le vacanze!
Tra montagna, lago e mare
Valentina non ha certo
il tempo di annoiarsi.

La famiglia di Valentina
La mamma di Valentina
deve essere operata,
e lei impara a cavarsela
da sola in casa...

Quattro gatti per Valentina
Alice, la gatta di Valentina,
sta aspettando i cuccioli
e ci sono veramente tante
cose a cui pensare...

Buon Natale, Valentina!
Il Natale si avvicina
e Valentina si dedica
ai preparativi insieme
a un'amica speciale!

Sempre nel Battello a Vapore:

Serie Arancio
Le fatiche di Valentina
Non arrenderti, Valentina!
Cosa sogni, Valentina?

Serie Rossa
Ciao, Valentina!

L'AUTORE

Angelo Petrosino

Care lettrici e cari lettori, ho pensato di parlarvi di me perché mi chiedete sempre di farlo quando vi incontro nelle scuole o nelle biblioteche. Sono sempre stato un bambino vivace e curioso. Non stavo mai in casa e mi arrampicavo sugli alberi, per guardare il mondo dall'alto. Era facile, perché abitavo in campagna. Poi un giorno ho lasciato il mio paese perché mio padre aveva trovato lavoro in Francia. Avevo dieci anni. Ho vissuto esperienze indimenticabili prima in Auvergne poi a Parigi. Tornato in Italia, ho dovuto imparare di nuovo l'italiano. Per questo oggi la lingua italiana è per me il patrimonio più prezioso: di ogni parola amo il suono, il significato, le immagini che evoca. Non pensavo che un giorno mi sarei trovato a insegnarla. All'inizio infatti ho studiato da perito chimico. Poi un giorno mi sono affacciato a un'aula di scuola elementare. Ero imbarazzato. "Come ci si comporta con i bambini?" mi sono chiesto. Poi ho ricordato che i momenti più belli della mia infanzia erano quando mio nonno mi raccontava storie. Così ho cominciato a leggere ai miei alunni. Da allora sono diventato 'il maestro che racconta storie'. Ma ho sempre ascoltato le storie, i desideri, i sogni dei bambini. Quante cose ho imparato! Poi ho iniziato a scrivere libri in cui i protagonisti erano proprio loro. Così è nato il personaggio di Valentina, curiosa, irrequieta, intelligente, capace di ascoltare le sue emozioni e con una gran voglia di vivere.

A proposito, mi piacerebbe sapere cosa ne pensate dei miei libri. Scrivetemi qui:

www.angelopetrosino.it

Prometto una risposta veloce e personale a tutti!

IL BATTELLO A VAPORE

**La Magica Casa sull'Albero
dai 6 ai 9 anni**

1. Mary Pope Osborne, *Dinosauri prima del buio*
2. Mary Pope Osborne, *Un cavaliere prima dell'alba*
3. Mary Pope Osborne, *Una mattina fra mummie, faraoni e piramidi*
4. Mary Pope Osborne, *Un giorno con i pirati*
5. Mary Pope Osborne, *La notte dei ninja*
6. Mary Pope Osborne, *Un pomeriggio sul Rio delle Amazzoni*
7. Mary Pope Osborne, *Tramonto con la tigre dai denti a sciabola*
8. Mary Pope Osborne, *Mezzanotte sulla Luna*
9. Mary Pope Osborne, *Il magico oceano dei delfini*
10. Mary Pope Osborne, *Una città fantasma nel West*
11. Mary Pope Osborne, *Leoni nella savana*
12. Mary Pope Osborne, *Orsi bianchi al Polo Nord*
13. Mary Pope Osborne, *Una vacanza vulcanica a Pompei*
14. Mary Pope Osborne, *Avventura nell'antica Cina*
15. Mary Pope Osborne, *Navi vichinghe all'orizzonte*
16. Mary Pope Osborne, *Olimpiadi nell'antica Grecia*

1. Will e Mary Pope Osborne, *Guida ai dinosauri*
2. Will e Mary Pope Osborne, *Guida al Medioevo*
3. Will e Mary Pope Osborne, *Guida all'antico Egitto*

**Banda Ridere
dai 7 agli 11 anni**

1. Justin D'Ath, *Cacca verde e pecore marziane*
2. Jeremy Strong, *Fermate quel caneee!!!*
3. Kim Caraher, *Scarafaggi e altre schifezzerie*
4. Christine Nöstlinger, *L'hai fatta grossa, Belzebik!*
5. Dino Ticli, *Voglio un cane!*
6. Scoular Anderson, *L'orrida, tremenda, irripetibile verità sulla scuola*

IL BATTELLO A VAPORE

**Serie Azzurra
a partire dai 7 anni**

1. Christine Nöstlinger, *Cara Susi, caro Paul*
2. Fernando Lalana, *Il segreto del parco incantato*
3. Roberta Grazzani, *Nonno Tano*
4. Russell E. Erickson, *Il detective Warton*
5. Ursel Scheffler, *Inkiostrik, il mostro dell'inchiostro*
6. Christine Nöstlinger, *Storie del piccolo Franz*
7. Ursula Wölfel, *Augh, Stella Cadente!*
8. María Puncel, *Un folletto a righe*
9. Mira Lobe, *Ingo e Drago*
10. Klaus-Peter Wolf, *Lili e lo sceriffo*
11. Derek Sampson, *Brontolone e il mammut peloso*
12. Christine Nöstlinger, *Un gatto non è un cuscino*
13. David A. Adler, *Il mistero della casa stregata*
14. Mira Lobe, *La nonna sul melo*
15. Paul Fournel, *Supergatto*
16. Guido Quarzo, *Chi trova un pirata trova un tesoro*
17. Hans Jürgen Press, *Le avventure della Mano Nera*
18. Irina Korschunow, *Il drago di Piero*
19. Renate Welsh, *Con Hannibal sarebbe un'altra cosa*
20. Christine Nöstlinger, *Cara nonna, la tua Susi*
21. Ursel Scheffler, *Inkiostrik, il mostro delle tasche nauseabonde*
22. Sebastiano Ruiz Mignone, *Guidone Mangiaterra e gli Sporcaccioni*
23. Mirjam Pressler, *Caterina e... tutto il resto*
24. Consuelo Armijo, *I Batauti*
25. Derek Bernardson, *Un'avventura rattastica*
26. Ursel Scheffler, *Inkiostrik, il mostro dello zainetto*
27. Terry Deary, *L'anello magico e la Fabbrica degli Scherzi*
28. Hazel Townson, *La grande festa di Victor il solitario*
29. Toby Forward, *Il settimanale fantasma*
30. Jo Pestum, *Jonas, il Vendicatore*
31. Ulf Stark, *Sai fischiare, Johanna?*
32. Dav Pilkey, *Le mitiche avventure di Capitan Mutanda*
33. Francesca Simon, *Non mangiate Cenerentola!*

IL BATTELLO A VAPORE

34. Ursel Scheffler,
    *Inkiostrik, il mostro
    del circo*
35. Russell E. Erickson,
    Warton e i topi mercanti
36. Anne Fine, *Cane o pizza?*
37. Jeremy Strong, *C'è un
    faraone nel mio bagno!*
38. Ursel Scheffler,
    *Inkiostrik, il mostro
    dei pirati*
39. Friedrich Scheck,
    *Il mistero dell'armatura
    scomparsa*
40. Sjoerd Kuyper,
    Il coltellino di Tim
41. Ulf Stark, *Il Club
    dei Cuori Solitari*
42. Sebastiano Ruiz
    Mignone, *La guerra
    degli Sporcaccioni*
43. Maria Carla Pittaluga,
    Il piccolo robot
44. Jacqueline Wilson,
    Scalata in discesa
45. Rindert Kromhout,
    Peppino
46. Ursel Scheffler,
    *Inkiostrik, il mostro
    del Luna Park*
47. Anna Vivarelli, *Mimì,
    che nome è?*
48. Dav Pilkey,
    *Capitan Mutanda contro
    i Gabinetti Parlanti*
49. Dav Pilkey,
    *Capitan Mutanda contro
    i malefici zombi babbei*
50. Anna Lavatelli,
    Ossi di dinosauro

Serie Azzurra ORO

1. Paula Danziger, *Ambra
   Chiaro non è un colore*
3. Anne Fine, *Teo vestito
   di rosa*
4. Paula Danziger,
   *Punti rossi su Ambra
   Chiaro*
5. Bernardo Atxaga,
   Shola e i leoni
6. Paula Danziger, *Ambra
   Chiaro va in quarta*
7. Ondrej Sekora,
   *Le avventure di Ferdi
   la formica*

IL BATTELLO A VAPORE

**Serie Arancio
a partire dai 9 anni**

1. Mino Milani, *Guglielmo e la moneta d'oro*
2. Christine Nöstlinger, *Diario segreto di Susi. Diario segreto di Paul*
3. Mira Lobe, *Il naso di Moritz*
4. Juan Muñoz Martín, *Fra Pierino e il suo ciuchino*
5. Eric Wilson, *Assassinio sul "Canadian-Express"*
6. Eveline Hasler, *Un sacco di nulla*
7. Hubert Monteilhet, *Di professione fantasma*
8. Carlo Collodi, *Pipì, lo scimmiottino color di rosa*
9. Alfredo Gómez Cerdá, *Apparve alla mia finestra*
10. Maria Gripe, *Ugo e Carolina*
11. Klaus-Peter Wolf, *Stefano e i dinosauri*
12. Ursula Moray Williams, *Spid, il ragno ballerino*
13. Anna Lavatelli, *Paola non è matta*
14. Terry Wardle, *Il problema più difficile del mondo*
15. Gemma Lienas, *La mia famiglia e l'angelo*
16. Angelo Petrosino, *Le fatiche di Valentina*
17. Jerome Fletcher, *La voce perduta di Alfreda*
18. Ken Whitmore, *Salta!!*
19. Dino Ticli, *Sette giorni a Piro Piro*
21. Peter Härtling, *Che fine ha fatto Grigo?*
22. Roger Collinson, *Willy e il budino di semolino*
23. Hazel Townson, *Lettere da Montemorte*
24. Chiara Rapaccini, *La vendetta di Debbora (con due "b")*
25. Christine Nöstlinger, *La vera Susi*
26. Niklas Rådström, *Robert e l'uomo invisibile*
27. Angelo Petrosino, *Non arrenderti, Valentina!*
28. Roger Collinson, *Willy acchiappafantasmi e gli extraterrestri*
29. Sebastiano Ruiz Mignone, *Il ritorno del marchese di Carabas*
30. Phyllis R. Naylor, *Qualunque cosa per salvare un cane*
33. Anna Lavatelli, *Tutti per una*
34. G. Quarzo - A. Vivarelli, *La coda degli autosauri*, Premio "Il Battello a Vapore" 1996
35. Renato Giovannoli, *Il mistero dell'Isola del Drago*

IL BATTELLO A VAPORE

36. Roy Apps, *L'estate segreta di Daniel Lyons*
37. Gail Gauthier, *La mia vita tra gli alieni*
38. Roger Collinson, *Zainetto con diamanti cercasi*
39. Angelo Petrosino, *Cosa sogni, Valentina?*
40. Sally Warner, *Anni di cane*
41. Martha Freeman, *La mia mamma è una bomba!*
42. Carol Hughes, *Jack Black e la nave dei ladri*
43. Peter Härtling, *Con Clara siamo in sei*
44. Galila Ron-Feder, *Caro Me Stesso*
45. Monika Feth, *Ra-gazza ladra*
46. Dietlof Reiche, *Freddy. Vita avventurosa di un criceto*
47. Kathleen Karr, *La lunga marcia dei tacchini*
48. Alan Temperley, *Harry e la banda delle decrepite*
49. Simone Klages, *Il mio amico Emil*
50. Renato Giovannoli, *Quando eravamo cavalieri della Tavola Rotonda*
51. Louis Sachar, *Buchi nel deserto*
52. Luigi Garlando, *La vita è una bomba!*, Premio "Il Battello a Vapore" 2000
53. Sebastiano Ruiz Mignone - Guido Quarzo, *Pirati a Rapallo*
54. Chiara Rapaccini, *Debbora va in tivvù!*
55. Henrietta Branford, *Libertà per Lupo Bianco*
56. Renato Giovannoli, *I predoni del Santo Graal* Premio "Il Battello a Vapore" 1995

Serie Arancio ORO

1. Renato Giovannoli, *I predoni del Santo Graal*, Premio "Il Battello a Vapore" 1995
3. Peter Härtling, *La mia nonna*
5. Katherine Paterson, *Un ponte per Terabithia*
6. Henrietta Branford, *Un cane al tempo degli uomini liberi*
7. Sjoerd Kuyper, *Robin e Dio*
8. Louis Sachar, *Buchi nel deserto*
9. Henrietta Branford, *Libertà per Lupo Bianco*

IL BATTELLO A VAPORE

**Serie Rossa
a partire dai 12 anni**

1. Jan Terlouw, *Piotr*
2. Peter Dickinson,
   Il gigante di neve
3. Asun Balzola, *Il giubbotto di Indiana Jones*
4. Hannelore Valencak,
   Il tesoro del vecchio mulino
6. Miguel Ángel Mendo,
   Per un maledetto spot
7. Mira Lobe,
   La fidanzata del brigante
8. Lars Saabye Christensen,
   Herman
9. Bernardo Atxaga,
   Memorie di una mucca
11. Mino Milani,
    L'ultimo lupo, Premio "Il Battello a Vapore" 1993
12. Miguel Ángel Mendo,
    Un museo sinistro
13. Christine Nöstlinger,
    Scambio con l'inglese
14. Joan Manuel Gisbert,
    Il talismano dell'Adriatico
15. Maria Gripe, *Il mistero di Agnes Cecilia*
17. Christine Nöstlinger,
    Furto a scuola
18. Loredana Frescura,
    Il segreto di Icaro
19. José Antonio del Cañizo,
    Muori, canaglia!
20. Emili Teixidor,
    Il delitto dell'Ipotenusa
21. Katherine Paterson,
    La grande Gilly Hopkins
22. Miguel Ángel Mendo,
    I morti stiano zitti!
23. Ghazi Abdel-Qadir,
    Mustafà nel paese delle meraviglie
24. Robbie Branscum,
    Il truce assassinio del cane di Bates
25. Karen Cushman,
    L'arduo apprendistato di Alice lo Scarafaggio
26. Joan Manuel Gisbert,
    Il mistero della donna meccanica
27. Katherine Paterson,
    Banditi e marionette
28. Dennis Covington,
    Lucius Lucertola
29. Renate Welsh,
    La casa tra gli alberi
30. Berlie Doherty,
    Le due vite di James il tuffatore
31. Anne Fine,
    Complotto in famiglia
32. Ferdinando Albertazzi,
    Doppio sgarro
33. Robert Cormier,
    Ma liberaci dal male
34. Nicola Cinquetti,
    La mano nel cappello
35. Janice Marriott,
    Lettere segrete a Lesley
36. Michael Dorris,
    Vede oltre gli alberi
37. Robert Cormier, *Darcy, una storia di amicizia*

IL BATTELLO A VAPORE

38. Gary Paulsen,
    La tenda dell'abominio
39. Peter Härtling,
    Porta senza casa
40. Angelo Petrosino,
    Ciao, Valentina!
41. Janice Marriott,
    Fuga di cervelli
42. Susan Gates,
    Lupo non perdona
43. Mario Sala Gallini,
    Tutta colpa delle nuvole
44. Alan Temperley,
    All'ombra del Pappagallo Nero
45. Nigel Hinton, *Buddy*
46. Nina Bawden,
    L'anno del maialino
47. Christian Jacq,
    Il ragazzo che sfidò Ramses il Grande
48. Pierdomenico Baccalario,
    La strada del guerriero
    Premio "Il Battello a Vapore" 1998
49. Paolo Lanzotti,
    Le parole magiche di Kengi il Pensieroso
    Premio "Il Battello a Vapore" 1997

Serie Rossa ORO

1. Katherine Paterson,
   Il segno del crisantemo
2. Susan E. Hinton,
   Il giovane Tex
4. Christian Jacq,
   Il ragazzo che sfidò Ramses il Grande
5. Paolo Lanzotti,
   Le parole magiche di Kengi il Pensieroso,
   Premio "Il Battello a Vapore" 1997
6. Pierdomenico Baccalario,
   La strada del guerriero,
   Premio "Il Battello a Vapore" 1998
7. Alberto Melis,
   Il segreto dello scrigno,
   Premio "Il Battello a Vapore" 1999
9. Peter Dickinson,
   I figli del Falco della Luna

IL BATTELLO A VAPORE

**Storie da ridere
dai 7 ai 13 anni**

1. Geronimo Stilton, *Il misterioso manoscritto di Nostratopus*
2. Geronimo Stilton, *Un camper color formaggio*
3. Geronimo Stilton, *Giù le zampe, faccia di fontina!*
4. Geronimo Stilton, *Il mistero del tesoro scomparso*
5. Geronimo Stilton, *Il fantasma del metrò*
6. Geronimo Stilton, *Quattro topi nella Giungla Nera*
7. Geronimo Stilton, *Il mistero dell'occhio di smeraldo*
8. Geronimo Stilton, *Una granita di mosche per il conte*
9. Geronimo Stilton, *Il sorriso di Monna Topisa*
10. Geronimo Stilton, *Il galeone dei Gatti Pirati*
11. Geronimo Stilton, *Tutta colpa di un caffè con panna*
12. Geronimo Stilton, *Il mio nome è Stilton, Geronimo Stilton*
13. Geronimo Stilton, *Un assurdo week-end per Geronimo*
14. Geronimo Stilton, *Benvenuti a Rocca Taccagna*
15. Geronimo Stilton, *L'amore è come il formaggio...*
16. Geronimo Stilton, *Il castello di Zampaciccia Zanzamiao*
17. Geronimo Stilton, *L'hai voluta la vacanza, Stilton?*
18. Geronimo Stilton, *Ci tengo alla pelliccia, io!*
19. Geronimo Stilton, *Attenti ai baffi... arriva Topigoni!*
20. Geronimo Stilton, *Il mistero della piramide di formaggio*
21. Geronimo Stilton, *È Natale, Stilton!*
22. Geronimo Stilton, *Per mille mozzarelle... ho vinto al Tototopo!*
23. Geronimo Stilton, *Il segreto della famiglia Tenebrax*

**Top-Seller
dai 7 ai 13 anni**

Geronimo Stilton, *È Natale, Stilton!*
Geronimo Stilton, *Il libro-valigetta dei giochi da viaggio*
Geronimo Stilton, *Halloween... che fifa felina!*

IL BATTELLO A VAPORE

**I Supermanuali
dai 7 ai 13 anni**

Geronimo Stilton,
*Il mio primo manuale
di Internet*
Geronimo Stilton,
*Il grande libro delle
barzellette*
Geronimo Stilton,
*Il mio primo dizionario
d'Inglese*

Geronimo Stilton,
*La più grande gara
di barzellette del mondo*
Geronimo Stilton,
*W l'euro, è facile
e divertente!*
Geronimo Stilton,
Il piccolo libro della Pace

**Valentina
a partire dagli 8 anni**

1. Angelo Petrosino,
   V come Valentina
2. Angelo Petrosino,
   *Un amico Internet
   per Valentina*
3. Angelo Petrosino,
   In viaggio con Valentina
4. Angelo Petrosino,
   A scuola con Valentina
5. Angelo Petrosino,
   Un mistero per Valentina
6. Angelo Petrosino,
   La cugina di Valentina
7. Angelo Petrosino,
   Gli amici di Valentina
8. Angelo Petrosino,
   L'estate di Valentina
9. Angelo Petrosino,
   La famiglia di Valentina
10. Angelo Petrosino,
    Quattro gatti per Valentina

Angelo Petrosino,
Buon Natale, Valentina!

IL BATTELLO A VAPORE

Banda Nera
a partire dai 10 anni

1. André Marx, *Il mistero della spada incandescente*
2. Didier Convard, *I tre delitti di Anubi*
3. Bruce Balan, *Un virus letale*
4. André Minninger, *Voci dal nulla*
5. Allan Rune Pettersson, *Zia Frankenstein*
6. Bruce Balan, *Terroristi nel cyberspazio*
7. André Marx, *Sulle tracce di un fantasma*
8. Bruce Balan, *Tutto per una foto*
9. Paola Dalmasso, *www.mistericinesi.com*
10. Colombo & Simioni, *Il fantasma di Robespierre*

Fuori collana Banda Nera
Philippe Delerm, *La maledizione del museo*
Philippe Delerm, *Il fantasma dell'abbazia*

Banda Rosa
a partire dai 13 anni

1. Renate Welsh, *Laura davanti allo specchio*
2. Katherine Paterson, *Ma Lyddie non sarà schiava*
3. Dagmar Chidolue, *Un amore per Kathi*
4. Viveca Lärn Sundvall, *Datteri e dromedari per Tekla e Ulle*
5. Karen Cushman, *La ballata di Lucy Whipple*
6. Arnulf Zitelmann, *La tredicesima luna di Qila*
7. Guy Dessureault, *Lettera dalla Cina*
8. Marjaleena Lembcke, *L'estate in cui tutti si innamorarono*
9. Christian Bieniek, *Che cotta, Svenja!*
10. Adele Griffin, *La ragazza che sognava i fantasmi*

IL BATTELLO A VAPORE

**Piccoli Investigatori
a partire dagli 8 anni**

1. Ron Roy, *Il mistero
dell'albergo stregato*
2. Ron Roy, *Il mistero
della mummia scomparsa*
3. Ron Roy, *Il mistero
del castello fantasma*
4. Ron Roy, *Il mistero
del tesoro sommerso*
5. Ron Roy, *Il mistero
della pietra verde*
6. Ron Roy, *Il mistero
dell'isola invisibile*

**I Brividosi
a partire dai 9 anni**

1. P. P. Strello, *Il ritorno
dello spaventapasseri*
2. P. P. Strello,
Il pozzo degli spiriti
3. P. P. Strello,
La notte delle streghe
4. P. P. Strello,
Un magico Halloween
5. P. P. Strello,
La casa stregata
6. P. P. Strello,
Il pianoforte fantasma

**Il magico mondo
di Deltora
a partire dai 9 anni**

1. Emily Rodda,
Le Foreste del Silenzio
2. Emily Rodda,
Il Lago delle Nebbie
3. Emily Rodda,
La Città dei Topi
4. Emily Rodda, *Il Deserto
delle Sabbie Mobili*
5. Emily Rodda,
La Montagna del Terrore
6. Emily Rodda,
Il Labirinto della Bestia
7. Emily Rodda,
La Valle degli Incantesimi
8. Emily Rodda,
La Città delle Sette Pietre

PROVA D'ACQUISTO
IL BATTELLO A VAPORE
VALENTINA
N° 3

Questo libro non è vendibile se sprovvisto del presente tagliando.